講談社文庫

神楽坂つきみ茶屋

禁断の盃《さかずき》と絶品江戸レシピ

斎藤千輪

講談社

目次

神楽坂つきみ茶屋

～禁断の盃と絶品江戸レシピ～

プロローグ「宙を飛ぶ本マグロの大トロ」

「うわ――っ、なにすんだよ！」

サシのびっしりと入った新鮮なトロが、空中で弧を描いて飛んでいく。

驚愕《きょうがく》のあまり口を開け、窓の外へと消えゆくピンク色の刺身を凝視する。

あれは、閉店間際のスーパーでセール札が貼られていたお買い得品。半額とはいえ十分高価で、大奮発した本マグロの大トロだ。

食べるの、めっちゃ楽しみにしてたのに！

あわてて窓辺に駆け寄り眼下を覗《のぞ》くと、庭の野良猫と目が合った。たまに食事の残り物を分けてやる、丸々と太った三毛猫だ。ミケ、と勝手に命名しているその猫は、ちゃっかりとトロを咥《くわ》え込んでいる。

「ミケ！　待ってくれ！」

そんな声など届くわけもなく、ミケは素早く走り去ってしまった。

ここは東京・神楽坂の路地裏にある古い家屋の一室。二階の窓から見下ろす宵闇の街は、かつて花街だった頃の面影を今も色濃く残している。風情漂う石畳の坂を、トロを咥えたミケが勢いよく駆け下り、どんどん小さくなっていく。呼び戻して取り返す術《すべ》などあるはずがない。

晩夏の夕飯時に突如起きた、奇妙奇天烈《きてれつ》な出来事。

一体なぜ、こんなことになったのか？

この家の主である青年・月見《つきみ》剣士《けんじ》は、いきなりトロを放り投げた、見知ったはずの相手に視線を移した。そして、まるで別人のように感じる相手を凝視しながら、急速に記憶を巻き戻していた——。

◆

剣士の実家は、神楽坂で長く続く老舗の割烹《かっぽう》だった。

神楽坂は、徳川家康《とくがわいえやす》が幕府を開いた江戸時代から発展し、神田川の船着き場という交通や物流の要衝《ようしょう》として栄えた街。かつては新橋、赤坂、浅草、向島、芳町《よしちょう》と並ぶ花街としても知られ、芸者たちが伝統的な踊りや遊び方で客人を楽しませる〝お茶屋〟が軒を連ねていたという。

今でも数こそ少ないが、芸者を呼べるお茶屋的な料亭は存在しているし、代々続く蕎麦《そば》屋や和菓子屋、呉服屋、和装小物店など、老舗も多数点在。その一方で、カフェやギャラリー、レストランなど、洒落《しゃれ》た店も多く、新旧の文化が入り交じった独特の雰囲気を醸し出している。

そんな神楽坂の路地裏で、こぢんまりと営業を続けてきた割烹〝つきみ茶屋〟が、剣士の生家だ。

江戸末期にお茶屋として創業し、三代目の主人が割烹に業態転換。広大だった敷地《しきち》は三分の一以下になってしまったが、味のよい小さな割烹として、六代目店主の月見太地《たいじ》が暖簾《のれん》を守り続けていた。

本来ならば、七代目となるひとり息子の剣士が、跡目を継ぐべきなのだろう。だが、剣士はその運命からどうにか逃れようとしていた。

親が敷いたレールに乗るのが嫌だった、などという青臭い理由だけではない。事態はもっと深刻だった。

剣士は、〝刃物が怖くて包丁が握れない〟体質だったのだ。

きっかけとなったのは、剣士が五歳の頃の出来事だ。遊び半分で握った包丁で、左の手の平がすっぱりと切れてしまったのである。病院で傷口を何針も縫うほどの深い傷だった。

――きゃぁぁっ、ケンジ――――！

切れた瞬間に耳をついた母親の叫び声。手からしたたり落ちた鮮烈な血の赤。それを目にしたときの驚きと恐怖。一歩遅れてやってきた、焼けつくような痛み……。それらは、二十年近くが経《た》った今でも忘れられない。

以来、刃物恐怖症となり、自炊すらできなくなってしまった剣士は、「料理人にはなれないし、家業は継げない」と両親に言い続けてきた。

父は息子を跡取りと決めていたようで、数えきれないくらい言い合いをした。「料理人は無理でも経営者にはなれる」などと説き伏せられそうになったこともあったが、断固として拒否。なにしろ、厨房《ちゅうぼう》の刃物を見ただけで左手が鋭く疼《うず》くのだ。自分が和食店を切り盛りするという未来を、どうしても想像することができなかった。

かといって、ほかになりたい職業があったわけではない。

なんとなく大学の文学部に進学し、なんとなく新宿のバーでアルバイトを始め、そこで興味を持ったワインやカクテルの勉強をしていた。卒業後もそのままバーテンダーの仕事に就いたものの、これが天職だ！　と思えるほどの情熱を注いでいたわけではなかった。

――なんとなく、いいと思ったから。

それが、剣士の物事の判断基準だった。

店の二階にある自室で悠々と暮らし、夕方から出勤して朝帰宅する剣士に、両親が迷惑そうな顔をすることもあった。ましてや、勤め先だったバーが経営難で閉店となり、ニート暮らしを余儀なくさせられてからは、はっきりと迷惑がられてしまった。

「いつまでブラブラしてるんだ」「ご近所さんに恥ずかしいわ」「部屋にこもってないで店を手伝えよ――」

毎日のように小言を言うようになった父母が、正直なところ疎ましくて仕方がなかった。

三ヵ月ほど前、父の車で買い出しに出かけるという両親と交わしたのも、ごく短い口喧嘩《くちげんか》だった。今でも一言一句覚えている。

自室のベッドでアクション漫画を読んでいた剣士に、母が心配そうに言ったのだ。

「剣士、またゴロゴロしてるのね。仕事はどうするつもりなの？」

「いま探してるから。もう少しだけ待ってて」

そんな剣士に、父はいつもより厳しい声で「またバーで働く気なのか」と問いかけてきた。

「ああ」と漫画から目を離さずに答えた途端、父が怒号を発した。

「いい加減にうちの仕事を手伝え！　そもそもお前に剣士って名づけたのも、刃物の使い手になってほしかったからなんだぞ。なのに未《いま》だに包丁が握れないなんて、情けないと思わないのか！」

「勝手に名づけたのはそっちだろ！　迷惑なんだよ！」

つい言い返してしまった。スネかじりの自覚はあったので、口答えはしないようにしていたのだが、溜《た》まっていたうっぷんが噴き出してしまったのだ。

その途端、父の眉が吊《つ》り上がった。

「言うことが聞けないのなら、この家から出ていけ。今すぐだ」

売り言葉に買い言葉で、勝手に口が開いていた。

「わかった。父さんの顔なんて、二度と見たくない」

剣士はベッドから起き上がり、両親を追い出して扉を閉めた。

廊下で何やら言い合う父母の声がしたが、無視してスマートフォンを取り出し、ひとり暮らしをするために賃貸情報の検索を始めた。

やがて、外から車のエンジン音が聞こえ、ふたりは買い物に出かけて……。それから……。

家には二度と、戻ってこなかった。

父の運転していた車が、電柱に激突したのだ。目撃者いわく、飛び出してきた野良猫を避けたせいだったらしい。その結果、両親は同時に他界。即死だったそうだ。

警察、保険屋、葬儀屋、店の従業員、親戚、近所の知人、友人――。

いろんな人が家を訪れ、葬式だの四十九日法要だの保険の手続きなど、とにかくあわただしかった日々。やがて独りになった剣士に襲いかかったのは、耐えがたい後悔の念だった。

――父さんの顔なんて、二度と見たくない――。

最後の言葉。それを言い放った直後、父と母の顔は本当に見られなくなってしまったのだ。

まるで、自分が両親に呪いをかけてしまったかのように。

あの事故が起きるまでは、家族の一員という役割が、ずっと続くと思っていた。ああしろ、こうしろ、とうるさい親との口喧嘩。それでも魔法のように用意されていた自分の食事。洗濯されていた服。いつかは何かで一人前になって、世話になった恩を返そうと密《ひそ》かに思ったこともあった。

そのいつかは、もう永遠にやってこない。

当たり前だと思っていた日常が、突如そうではなくなる可能性など、考えたこともなかった自分が情けなかった。とてつもなく悔しかった。

居間の棚の上に、なんとなく飾った父母の遺影。その隣に置いた、薄刃包丁の入った箱。父が長く愛用していた、いわば形見の品だ。

刃物は見るだけで怖くなるので、中は開けられずにいるのだが、その箱を目にするだけで苦いものが喉奥からこみ上げてくる。

「あんなこと、父さんに言わなきゃよかったな……」

もう何度言ったのかわからない文言が、また口からこぼれてきた。

「気持ちはわかる。でも、自分を責めるな。過去を悔やむな。前だけ見よう」

落ち込む剣士を慰め続けてくれたのは、小学生の頃からよく知る幼馴染《おさななじみ》の風間翔太《かざましょうた》だ。

実は、翔太も隣街にある老舗料亭の長男で、店を継ぎたくないと家を飛び出した男。意に沿わない跡取り同士、親に決められた未来を愚痴り合ったことも数知れない。しかも彼は、一緒に新宿のバーで働いていた時期があり、刃物が使えない剣士の代わりにアイスピックで氷を砕いてくれるなど、なにかとフォローしてくれた大切な仲間だった。

「ご両親のためにも、この家と店は守らないとな。大丈夫だ。オレも協力するから、ふたりで店をやろう」

そんな翔太の言葉は、雨雲のごとく黒い靄《もや》で覆われていた剣士の心に、ひと筋の光を点《とも》してくれた。

両親が遺《のこ》した割烹は、頼りない跡取りになどついていけない、と言わんばかりに従業員たちが次々と退職し、すでに閉店を余儀なくされていた。店はもう三ヵ月もシャッターを閉めたままだ。

父は経営面で多額の借金を抱えており、生命保険の大半は返済で消えていた。割烹を再開できる人材も潤沢な資金も、剣士は持ちあわせていない。親戚関係で店舗経営ができる者は皆無だ。となれば、遺産となった二階建ての店舗付き住宅は、誰かに売るか貸したほうがいいだろう。自分はアパートでも借りて、ひとり暮らしするしかないか……。

などと思案していた矢先に、翔太が「よかったら、一緒に店をやらないか？」と提案をし、さらに「自分もここに住まわせてほしい」と申し出てくれたのである。

「実はさ、今のマンション、ストーカーっぽい女に狙われてるんだ。向かい側の道に立っていたり、郵便物が抜かれたりして……」

翔太は、超のつく人気バーテンダーだった。

ふわふわで栗色《くりいろ》の髪、切れ長の涼やかな目、やさし気な口元。シェイカーを握る手と真剣な横顔が美しいと、幾人もの女性客が褒《ほ》め称《たた》えていた。

しかも、聞き上手で褒め上手。余計なことは口にしないが、対応は丁寧でスマート。その人気は『抱かれたいバーテンダーNo．1』と呼ばれるほどで、追っかけファンと呼んでも過言ではない女性客が、何人もいたのである。

「だから、引っ越したいと思っていたんだよね。家賃も払うよ」

朗らかに言った翔太だったが、彼のストーカー話が本当の理由だったのかはわからない。もしかしたら、父母を同時に亡くして落ち込んでいた剣士を慮《おもんぱか》って、同居の理由にしてくれたのかもしれない。

翔太にとって、そのくらいの気遣いは朝飯前だ。ついつい余計なことを言ってしまい、あとで反芻《はんすう》して自己嫌悪してしまう剣士とは正反対の、思慮深く繊細な男だった。

「両親の部屋でもよければ」と剣士が言うと、「決まりだな」と翔太が微笑《ほほえ》み、男ふたりの同居生活が始まることになった。

フレンチレストランでアルバイトをしながら、大学の経営経済学部を卒業した翔太。もっと接客業を経験したいと、剣士と同じ店のバーテンダーになった彼は、自身が洋風のつまみを作るワインバーを経営するのが夢だった。

今ではそれが、剣士の夢にもなっている。

ワインやカクテルの勉強をしていた自分が、料理人としても優秀な翔太と店を出すのは、もはや必然のように感じていた。

ふたりで資金を出し合い、一階の割烹を改造し、古民家風のワインバーにする。年季の入った白木のカウンターはそのまま使用し、古びた和風の内装は洋風に変える。使い込んだ和食器は洋食器にして、徳利《とっくり》や猪口《ちょこ》の代わりに、デキャンタやワイングラスを並べる……。

剣士は心機一転、その新たな目標に向かう決意をしていた。

飲食店の勤務経験はあるが、経営は未経験。不安がないと言えば嘘《うそ》になる。だけど、自分は二十四歳、翔太は二十五歳。気力も体力も漲《みなぎ》っている。なにか新しいことを始めるには、最適な年齢だと思っていた。

そして今夜。剣士と翔太は二階にある畳の居間で、ワインバー計画を練りながら、スーパーの総菜を肴《さかな》に晩酌を始めていた。

「剣士、今日からよろしくな」

「こちらこそ。古い家だけど、好きに使ってくれていいから」

「古き良き家だ。非常に居心地がいい。古民家風の優雅なワインバー、店名は〝Harvest moon《ハーヴェスト・ムーン》〟。訳すると〝実りの月〟。絶対に成功させよう」

「おう。一からのスタートだけど頑張ろうな」

ワインで、ではなく、日本酒の冷やで乾杯する。元が割烹だったため、各地方の日本酒が大量に残っているのである。

翔太が今日引っ越してきたので、ささやかなお祝いでもあった。

「まずはメニューを決めて試食会をしよう。ゲストの反応を見て構築していくんだ。

ワインに合う軽い前菜と、グリル料理をメインにしたい」

「料理は翔太に任せる。そうだ、庭にもテーブルを置きたいんだよね。オープンテラスの店。うちは家賃の固定費がない分、他に予算をかけられる。どうかな？」

「いいね。オープンテラスなら換気も良くなる。換気や衛生管理は重要課題だ。席はゆったりと間隔を取って、開放感のある店にしよう」

「あとはデリバリーだね。オードブルとワインのセットとかさ」

換気設備や衛生管理、店内面積に対するテーブル数など、飲食店開業に関する条件は以前よりも細かくなっている。数年前に世間を騒がせた新型ウイルスのせいだ。感染を防ぐために人々は外出をしなくなり、外食の代わりにテイクアウトやデリバリーを利用することも多くなった。

ほどなくウイルス騒動は沈静化。外食産業にも活気が戻りつつあるのだが、今や大半の飲食店が宅配の専門業者と契約を交わしている。つきみ茶屋の頃はスタッフが弁当の出前をしていたのだが、剣士が新装開店した暁には、デリバリー専門業者と契約するつもりだった。

「デリバリー用のメニューは、店内とは別に考えたいんだ。業者に払う手数料の分、単価を高くしないと利益が出ないから。そのメニューも翔太に考えてもらいたいんだよね」

「任せてくれ」

力強く言い、翔太は猪口の酒を飲み干した。

「頼りにしてるよ」

剣士も酒を飲み、徳利の酒を自分と翔太の猪口に注ぐ。

「新たな挑戦をするときって、アイデア出しが一番楽しいよな。そのアイデアを基に船を造り、大海原へと漕《こ》ぎ出していく。ときには嵐で荒れる日もあるだろうけど、そこで朽ち果てるような店なら初めからやらないほうがいい。剣士、オレは腹を括《くく》ってやるつもりだからな」

いつもながら、翔太の低い声には安心感がある。

ありがたいなと思いながら、剣士は照れ隠しの言葉を口にした。

「店がオープンしたら、翔太のファンが詰めかけるかもね。そこも覚悟しておかないと」

「やめてくれよ」

苦笑した翔太が、障子を開けたままの窓に目をやった。

網戸の外から聞こえる虫の声が、猛暑だった夏の終わりを告げている。

「見ろよ。今夜は満月だ。新たな門出を祝うに相応《ふさわ》しい夜じゃないか」

雲ひとつない夜空に、まん丸い月が黄色く輝いている。

「そうだね。まさに実りの月、ハーヴェスト・ムーンだ」

しばらくふたりで満月を見上げた。

眩《まぶ》しいほどの光が、自分たちの明るい未来を照らしているようである。

「……妖しいくらいに綺麗《きれい》だな」

翔太は月に手をかざし、目を細めている。

窓辺からふわりと風が舞い込んできた。早くも秋の香りが混じっている。その芳香を心地よく吸い込んでから、剣士はちゃぶ台風の木製テーブルに目を向けた。

「さ、冷めちゃうから食べよっか。今夜も出来合いのもんしか用意できなかったけど」

このテーブルに自分の分以外の料理が並んでいるのは、久しぶりだった。

「鶏の竜田揚げにカキのフライ。それから僕の好物、ミックスピザ。今夜は刺身もある。本マグロの赤身と大トロ。ふた切れずつだけどね」

「旨《うま》そうなトロだ。サシが美しい」

刺身を見て翔太がつぶやく。彼は美しいものに目がないのである。

「総菜も刺身も半額だったんだよ。閉店間際のスーパーは天国だ」

自分で料理をしない剣士は、親を亡くして以来、総菜やインスタント食品が主食になっていた。

「これからはオレが作ってやる。そのために愛用の調理器具も持ってきたんだ。荷物を整理したら腕を振るわせてもらうよ。フレンチ、イタリアン、中華、和食。アジア料理だってイケる。なんでもリクエストに応えるぞ」

翔太が目を細めながら剣士を見る。その好意がうれしいと同時にどこかこそばゆい。

「あ、春巻きがない。レンジに入れたままだった。取ってくるね」

剣士は狭くて急な板張りの階段を下り、店の厨房にあるレンジから温めた春巻きを取り出して二階に戻った。

すると――。

驚愕の光景が目に飛び込んできた。

「翔太！　その盃《さかずき》、どうしたんだよ！」

畳に座っていた翔太が、先ほどまで使っていた茶色い猪口ではなく、金色の盃に酒を注いでいる。

それは、月見家に代々伝わる門外不出の盃。

陶器の上から金粉を施した、黄金色に輝くきらびやかな盃だ。

しかも、剣士が物心ついた頃から「絶対に使ってはいけない」と親から言われ続けていた、〝禁断の盃〟だった。

「割り箸を割ったときに指を切っちゃって。たしか絆創膏《ばんそうこう》があったなと思ってそこの棚を覗いたら、金の盃を入れたことを思い出してな。こんな美しい盃、使わないなんてもったいない……」

「駄目だ！」

「え？」

「絶対に使うなって言われてたんだ。恐ろしいことが起きるからって」

「恐ろしいこと？」

「ああ。その盃は、地震でもないのに小刻みに動いたり、妙な音が鳴ったりしていたらしい。どこかに捨てても、なぜか元の場所に戻ってる。そんな怪異現象が続いたから、使わないように封印してたそうなんだ」

親から何度も聞いた伝承だ。だから、骨董品《こっとう》を保存していた一階の物置にしまい込んであったのだ。それなのに、なんで翔太が……？

「ああ、そうだったのか」

翔太はいつもより早口でしゃべり始めた。

「このあいだ、剣士に骨董品を見せてもらっただろ。オレ、この盃がやけに気になったんだよね。なんて言ったらいいか、こっちを見てほしい、手に取って使ってほしい。そんな声が聞こえた気がして、つい持ってきてしまった。磨いたら素晴らしく綺麗になったから、剣士に見せようと思って棚に入れておいたんだ。勝手なことしてごめんな」

「それはいいけど、まさかその盃で酒飲んでないよね？」

「飲んだよ。これ、二杯目」

「……マジで？」

「ああ。別になにも起きないぞ。剣士、驚かすなよ」

平然と言った翔太は、金の盃をテーブルに置き、「さて、トロでも食べてみるか」と刺身に手を伸ばした。

……かと思ったら、トロを箸で挟んだまま、いきなりテーブルにつっぷしてしまった。

その勢いで金の盃が畳の上を転がり、壁にぶつかってカツンと音を立てる。

「翔太！　おい翔太！」

あわてて駆け寄った剣士の目の前で、あり得ない事象が起きた。

翔太の栗色の毛が、瞬時に白く変化したのだ。前髪の左目にかかる部分だけ、メッシュでも入れたかのように。

うわ、ひと房だけ白髪になった！

剣士が声をあげそうになった刹那、翔太がカッと目を見開いた。

目つきが鋭い。眼球が怪しくきらめいている。さっきまでとはまるで別人のようだ。

むっくりと上半身を起こした翔太は、自分が割り箸で挟んでいた大トロを見て、すぐに眉をしかめた。そして、信じがたい言葉を発したのだ。

「おいおい、鮪《まぐろ》の脂身なんざぁ、生で食ったら死ぬぜ」

翔太はそのまま窓の外に向かって、トロをポーンと放り投げた。

「うわ──っ、なにすんだよ！」

庭に落ちた本マグロの大トロを、ミケが咥えて走り去る。

それを唖然《あぜん》と見つめる剣士に、翔太が訳知り顔で言った。

「猫またぎを猫が咥えちまったのか。まあ、咥えただけで食わねぇよ。ヘタすりゃ、一発で当たってお陀仏《だぶつ》だからな」

「猫またぎ？」

「おっと、まさか知らねぇのかい？　腐った魚は猫もまたいでく。だから猫またぎだ。それくらい鮪の脂身は足が早いってことさ。常識だろ」

声も顔も翔太だが、しゃべり方や表情がまるで別人だ。前髪の一部も白いままで、目が爛々《らんらん》と光っている。

いきなり豹変《ひょうへん》した友人を前に、剣士の額から冷や汗が流れ落ちた。

しかし、翔太はどこ吹く風で居間を眺め回している。

「なんだいこの部屋は。見たことねぇもんばっかじゃねぇか。俺は今、どこにいるんだい？」

「翔太、どうしたんだっ？」

思わず叫んだ剣士に、相手は不満そうな顔で告げた。

「翔太だとぉ？　俺の名は玄《げん》。玄米の玄さ。二度と間違えんなよ」

――この夜から、剣士の日常は〝異常〟へと変化した。

第1章「禁断の盃と豆腐百珍」

激変した翔太、いや、自らを〝玄〟と名乗った男は、物珍しそうに部屋を歩き回り、目についたものに驚きの声を上げている。

テーブルに並んだ料理に鼻を寄せ、「こりゃすげぇ。珍しい食いもんばっかじゃねぇか」と感嘆し、電灯を見上げて「灯《あか》りが火じゃねぇ!」と叫び、身に着けたシャツを引っ張って「こんな生地の着物、見たことねぇよ!」と不思議がる。

これはどう考えても、文明開化以前に生まれた人間のリアクションだ。

翔太、いきなりどうしたんだ?　まるで別の人格が宿ったみたいだ。

飲んだ酒には異状がないはず。自分も飲んだから間違いない。まさか、禁断の盃を使ったからなのか……?　いや、まさかそんな非科学的なことが起きるわけがない。

もしかして翔太は、普段とは別人格が現れてしまう病だったのだろうか？

「とりあえず医者に診てもらおう。夜間病院を調べるから」

不安で胸がつぶれそうになった剣士は、急いでスマホに手を伸ばした。

「医者？　俺はどこも悪くねぇよ。いたって元気でぃ」

鼻の下を人差し指でこすった翔太が、その場に立ったまま大きく伸びをする。

「あぁー、やっと出られた。滅法長かったなぁ。しかも夕餉《ゆうげ》時ときたもんだ。こいつはいいねぇ」

「出られた？」

「おうよ。ずっと閉じ込められてたからな」

「閉じ込められてたってなんだよ！　気味の悪いこと言わないでくれよ！　やっぱ病院、いや、救急車だ！」

剣士が再度スマホを操作しようとしたら、「うぁあっ！」と翔太が悲鳴を上げた。

「どうしたっ？」

「頼む！　それをどっかに捨ててくれっ！」

翔太は部屋の隅を指差している。金の盃だ。

「俺はその盃でえらい目にあった。お武家様に毒見をさせられたんだ！」

「毒見……？」

穏やかではない話だ。翔太の妄想かもしれない。

青ざめて震える彼を見ていたら、パニクっていた頭がクリアになってきた。

すうーっと、その場で深呼吸をする。

自分がしっかりしないといけない。今はとりあえず、翔太に刺激を与えないようにしよう。

剣士は金の盃を拾い上げ、古い木製の棚に仕舞った。

「これで大丈夫だ。翔太、毒見ってどういうこと？」

なるべく落ち着いた声で話すように努力する。

すると、彼は畳の上でどっしりと胡坐《あぐら》をかいた。

「何度も言わせんなよ。俺は翔太じゃなくて玄。江戸の料理人だ。小さな店だけどよ、味には自信があった。たまに、待合《まちあい》に料理を届けてたんだ」

〝待合〟とは、芸者遊びの場を提供する店のこと。要はお茶屋の別名だ。

江戸時代の花街では、座敷《ざしき》だけを提供する〝待合〟に、〝置屋〟から芸者を呼び、〝料理屋〟から仕出し料理を届けさせていたという。待合と料理屋が一体となり、料亭として定着したのは戦後のことらしい。つきみ茶屋も、江戸時代に待合として創業した店だ。

「ある夜、待合の部屋に膳を運んで出ようとしたら、金の盃で酒を飲めって客人から言われたんだ。毒見だよ。お偉いお武家様だったから、断れるわけがねぇ。一気に飲んださ。その途端に胸が苦しくなって目の前が真っ暗になって、そのまんまぶっ倒れて……。まあ、毒で死んじまったんだな」

あっさりと言ったが、彼の顔は青ざめている。

死、という言葉に剣士は戦慄を覚えた。

翔太、マジでどうしちゃったんだ。なんでこんなことに……。

焦燥感を募らせる剣士にはお構いなしに、彼は別人のように話を続ける。

「それで俺の魂は、あの盃に閉じ込められちまったのさ」

「盃に？」

「そう。まるで長く使った物に宿る付喪神《つくもがみ》みたいにな。もうずいぶん長いこと、あの中にいた気がするねぇ。なんたって、齢《よわい》二十七で死んでから、ずーっといたんだからな。たとえるなら、女子《おなご》の腹の中で丸くなってる赤子って感じだ。あんまり長かったもんだから、生きてた頃の記憶が曖昧になっちまった。自分が料理人だった頃のことしか覚えてねぇ」

「もしかして、記憶障害ってやつなのかな……？」

思わずつぶやいた剣士と、自分は玄だと言い張る男の視線が絡み合う。

「……いや、ほかにも覚えてることがあるぞ。お前さんを見てたら思い出した。お雪《ゆき》さんだ。お雪さんの顔だけは、今もはっきり覚えてる」

「お雪さんって？」

「置屋から呼ばれてた女芸者だよ。滅法な別嬪《べっぴん》さんでな。三味線も踊りの腕も最高でよ。旦那衆から引っぱりだこで……俺もお雪さんにホの字だった。いつかお雪さんのために最高の膳を作るのが、俺の夢だったんだ」

どこか遠くを見ていた翔太が、いきなり剣士の顔を覗《のぞ》き込《こ》んだ。

「お前さん、名前は？」

それすら覚えていないのか！　これはかなりの重症だ……。

ますます重くなった胸を手で押さえながら、「剣士」と小声で名を教える。

「剣士かい。どうもお前さんの顔が気になる。お雪さんの面影があるんだよ。特に目元だな。ぱっちりした目がよく似てるねぇ」

翔太の整った顔が、どんどん迫ってくる。

近い。近いって！

ずりずりと後ろに下がりながら、剣士は思い出していた。

「お雪って、ここの二代目女将《おかみ》の名前だ」

先祖代々の名が連なる古い巻物で、見た記憶があった。「お雪は神楽坂で有名な人気芸者だったが、後に月見家の二代目と結婚した」と、今は亡き祖父からも聞いたことがある。

「なんだって？　じゃあ、ここは神楽坂の待合なのかい？」

目を剝《む》いた相手を、剣士も凝視する。

もしや、本当に別人の魂が乗り移ったのか？

馴染《なじ》み切っていた翔太の顔が、まったくの別人に見えてきた。

「なあ、教えておくれよ。ここは待合の〝つきみ〟なのかい？」

翔太の真剣な眼差《まなざ》しは変わらない。

こうなったら彼を玄という男だと思って、とことん話に付き合ってみよう。

覚悟を決めて向き合った。

「そうです。今は待合じゃなくて、〝つきみ茶屋〟って名の料理屋で」

もう潰れたんだけど、と続けようとした剣士の声は、相手の大声にかき消された。

「ってこたぁ、お前さんはお雪さんの子孫だ！　そうなんだろ？」

「……そう、だと思います」

「そうか、お雪さんは月見の旦那に身請けされたのか。そいつはよかった。ちょっと残念だけど、お雪さんにとっちゃあよかったよ……」

目頭を押さえた相手が、ふいに顔を上げた。すっと立ち上がり、両親の遺影の前に行く。ちなみに、線香やお供え物のようなものは一切置いていない。置いてあるのは、薄刃包丁の入った箱だけだ。

「このふたりは誰なんだい？　こっちは包丁の箱だな。なんでここにあるんだい？」

翔太なら知っていて当然のことを、天才俳優ばりに自然な態度で訊《たず》ねてくる。だが、今は仕方がない。話に付き合うと決めたのだから。

「……両親です。もう亡くなりましたけど。包丁は父の形見です」

「お前さんのお父《と》っつぁんも料理人だったんだな？」

「ええ、店の六代目でした」

「じゃあ、お雪さんの子孫だな。ありがたいねぇ。お雪さんの血を残してくれて。……なあ剣士、姉妹はいねぇのかい？」

「いません。ひとりっ子なんで」

……って、翔太なら当然知ってるだろ！　早く正気に戻ってくれよ！

内心でツッコんでみたが、彼は「残念だねぇ……」と頭を垂れる。

「女ならもっとお雪さんと似てたかもしれないのに。まあ、お前さんだけでも生まれてくれてよかったよ。親御さんに感謝しないとな」

南無南無と言いながら、翔太は遺影に向かって手を神妙に合わせる。

しかし次の瞬間、くるりと振り返って剣士に叫んだ。

「おい、俺が死んでからどのくらい経ったんだっ？」

んなこと知るか！　と叫びそうになったが、あまりに真剣な眼差し、しかも大事な友である翔太の顔で言われたので、つい答えてしまった。

「ここは創業から百七十年以上続いていた店です。あなたがお雪さんを知ってるってことは、少なくとも百七十年くらいは経ってると思われます」

「……そりゃあ大変だ。とんでもねぇ未来じゃねぇか。俺は百七十年も封印されてたのかよ……」

茫然《ぼうぜん》とする相手を前に、剣士は考えていた。

お雪と懇意にしていたというこの男は、本当に翔太ではなく、江戸時代の末期に生きた料理人なのかもしれない。

なぜなら、先祖のお雪の話など、翔太にしたことがなかったからだ。

限りなくトンデモな話なのだが、剣士は彼の言葉を信じつつあった。

「あなた、本当に翔太じゃないんですね？」

「だから玄だって言ってるじゃねぇか。玄米の玄」

「なんで盃から出られたんですか？」

「その盃をたった今、使ったやつがいたからさ。だから俺は、そいつに乗り移ったってわけだ」

「乗り移った……？」

ショックで剣士の身体《からだ》が硬直した。

初めは心の病かと思ったが、そうではなかった。

翔太の身体に、江戸時代の料理人の魂が憑依《ひょうい》してしまったのだ。

オカルトには興味がなかったけど、そうとしか考えられない。

代々封印されていた金の盃。その不吉な言い伝えは本当だった。

あれは、絶対に使ってはいけない盃だったのだ！

「翔太は……あなたが憑依した男の名前です。翔太はどうなったんですかっ？」

剣士は今にも摑《つか》みかからんばかりの勢いで、玄に詰め寄った。

「さあな。俺も人に取りつくのなんて初めてだからよ。どうにも勝手がわからねぇ」

「まさか、あなたの代わりに盃に封じ込まれたとか？」

「いや、大丈夫だ。その翔太ってやつは俺の中にいるよ。それはちゃんと感じる。盃に閉じ込められたわけじゃねぇし、あの世に行っちまったわけでもねぇ。だから安心しな」

言葉だけで安心などできるわけがない。まさか、もう二度と翔太に会えないのか？　そんな現実、絶対に受け入れられない！

「翔太を出してください！　頼むから戻して！　お願いだから！」

必死な剣士だったが、玄は困った表情で「悪いけど、どうしたらいいのか俺にもわかんねぇんだ」と頭を掻き、窓に映る自分をじっと見た。

「まさか、こんな男前のやつに取りつくとはなぁ……。しかも前髪の一部が真っ白だ。俺も毒見の恐怖で、一瞬で髪が白くなったんだったたっけな」

ひとしきり髪をいじった玄は、テーブルの上に目を戻して言った。

「ところでよ、腹が減ってんだ。ここにあるもん、食ってもいいかい？」

はあ？　なに呑気《のんき》なこと言ってんだよ！

そう言ってやりたいのだが、どうすれば翔太が戻ってくるのか見当もつかない。とりあえず、翔太に憑依した玄の相手をするしかなかった。

「酒も久しぶりに飲みてぇなあ。でも、盃は絶対に駄目だ。盃で酒を飲むのだけはごめんだね。毒見を思い出すんだ。この猪口を使わせてもらうよ」

どっかりと座って翔太の猪口を手にした玄は、勝手に徳利から酒を注ぎ、ぐいぐいと飲み始めた。


「そうかそうか、あれから百七十年も経ったのか。それじゃあ、刺身が日持ちするようになっても不思議じゃあねぇな。さっきは鮪の脂身、捨てちまって悪かった。あの頃は生で食える脂身なんてなかったんだよ。港から運んでくる間に傷んじまう。生ぐせぇしヘタすりゃ当たって死ぬし、鍋にするくらいしか食えなかったもんさ。だけど、コイツはちっとも臭くねぇわな」

玄は、皿に残っていたひと切れのトロの刺身に鼻を寄せている。

「今は冷蔵保存の技術が発達してますから。昔は氷で冷やすくらいしかできなかったと思いますけど」

「便利になったもんだねぇ。こっちの小皿は醬油《しょうゆ》と山葵《わさび》。刺身用かい？」

「そうですけど」

「俺の頃は、醤油に辛子で刺身を食ったもんだけどな。山葵も悪くねぇわな。どれどれ、っと。――うぉぉ、うめぇ――！　なんだいこの脂は。とろんってとろけちまったよ！」

トロを食べて悶絶《もんぜつ》している玄を、剣士は半ば呆《あき》れながら見ていた。

食べたかったふた切れの貴重なトロ。ひと切れは玄に捨てられ、もうひと切れは彼の胃袋に消えてしまったのである。

なんて勝手な男なんだ……。

翔太を戻したい一心で同席している剣士のことなど気にもせずに、玄は「うめぇなぁ」と酒を飲み、舌鼓を打っている。

「で、こっちはなんだい？　こんな食いもん、見たことねぇわ」

冷えて固くなったピザのことだ。

「ピザ」

「ひざ！　そりゃたまげた。人の足を食うのかよ！」

「膝、じゃなくてピザ。小麦粉で作った生地にチーズやハムを載せて焼いたもの。日本じゃなくて西洋の料理です」

「ちーず？　はむ？　なんだいそりゃ」

いちいち面倒だが、要するに牛乳や肉を加工したものだと説明する。ついでに、日本は黒船来航以降に開国して世界各国と貿易を始めたこと。江戸幕府は消滅して江戸は東京という地名になり、今ではアメリカやヨーロッパの文化にも溶け込んでいること。何度か世界大戦が起こったが、復興を遂げたことなど、近代日本史についてざっくりと説明した。

「……そうかい。俺の時代は長崎に阿蘭陀《おらんだ》船が入るだけだったけど、今は違うんだな。あれから百七十年も経ってんだもんなぁ。江戸や幕府が変わっちまったって、驚きゃしないよ……」

と言いつつも、どこか寂し気だった玄は、「よっしゃ！」と膝を叩《たた》いて気合を入れた。

「いっちょ、ぴざってやつを食ってみっか」

切れ目の入ったピザのピースを摑み、ひと口だけ齧《かじ》ったのだが……。

「なんだいこりゃ！　食えたもんじゃねぇぞ」と不機嫌そうに喚《わめ》き、ピザを皿に戻す。

「ああ、冷えて固くなっちゃったから。温めたらもっと美味《おい》しくなる……」

「そういう問題じゃあねぇよ。舌が痺《しび》れる。毒でも入ってんじゃねぇか？」

玄は恐ろしそうに皿を睨《にら》んでいる。

「そんなバカな。あなたが食べ慣れてないだけですよ」

「お前さんこそ、料理人の舌を馬鹿にすんなよ。不自然な痺れがするんだよ。こりゃあ天然もんじゃねえな？」

「加工したものですけど。……あ」

ふいに、玄の舌が痺れた理由を思いついた。

「もしかしたら、玄さんは添加物に過剰反応したのかもしれません。現在の食品、特に加工食品には、長期保存のために化学調味料や添加物が入ってるから」

「添加物だか天下人だか知らんけどよ。いいかい、江戸の食ってのは、旬の素材を生かすことが大事なんだ。野菜も魚も食べ頃ってのがあるんだよ。こんな得体の知れねぇ食いもん、江戸っ子が食えるかってんだ。お前さん、いつもこんなもんばっか食ってんのかい？」

「まあ……」

「そりゃあ駄目だな。身体が鈍っちまう。それになんだよ、この珍妙な着物は。ごわごわして風通しが悪くて、股間が締めつけられてかなわねぇ」

「ああ、ジーンズのことですか？　それが今の一般的な服で……」

「ふざけんじゃねぇぞ。男はふんどしに着物だろうが。ここは無茶苦茶だ。なにもかもが粋じゃねぇんだよ！」

無茶苦茶なのはそっちだろ？　そもそも粋ってなんだよ？　今をいつだと思ってんだ。ウザいオッサンだなあ。いや、二十七って言ってたから、オッサンって歳《とし》じゃないんだろうけど。

剣士はすでに、うんざりし始めていた。

前髪の一部が白くなり、目の奥に光を宿した玄。見た目は翔太とほぼ変わらないのに、言動がかけ離れすぎて眩暈《めまい》がする。

「お前さん、ここの跡取りなんだろ？　ちゃんと旬の素材で料理しねぇと」

「いや、僕は料理なんてしません」と即座に否定した。

「この下にある割烹、つまり日本料理屋だったたつきみ茶屋は潰れました。両親が亡くなったからです。僕は店をワインバーに変えるんですよ」

「はあ？　わいんば？　なんでぃそれは？」

とんでもなく面倒だが、要は「葡萄酒《ぶどうしゅ》と西洋料理を出す店」だと告げる。

「今あなたが乗っ取ってる男、翔太と店を新しくするんです。だから翔太を返してください。どうかお願いします」

畳に手をついて頭を下げた剣士の前で、玄はすっくと立ち上がった。

「駄目だ駄目だ。わいんばなんて俺が許さねぇ。お父っつぁんが遺した店だろう。しかもよ、お雪さんの頃から続いてんだろ？　お前さんが継がねぇでどうすんだよ！」

「僕は刃物が怖くて包丁が使えないんです！」

剣士も立ち上がって玄と向き合う。

「なんだとぉ？」

「子どもの頃、包丁で大怪我《けが》をしてから刃物が握れなくなったんですよ。あなたが盃で酒を飲めないのと一緒です」

「……だったら料理人を雇えばいいじゃねぇか」

「そんな簡単な話じゃないんです。僕に人を雇うカネなんてない。開店の準備金だけで精一杯なんです。翔太が資金の半分を出して、洋風の料理を作る。僕はその料理に合う酒を選んで提供する。そんなワインバーを経営するって約束したんですよ。翔太は信頼できる大事な友だちで、仕事のパートナーなんです。頼むから戻してくださいよ！」

必死に訴えた剣士だが、玄は腕を組んで横を向いている。

「そりゃ戻してやりてぇけどよ。……俺だってこの世は久しぶりなんだ。もうちっといさせてくれてもいいじゃねぇか」

悲しそうに目を伏せた横顔は、女性ファンが騒いでいた翔太のそれだ。

冷静になった剣士の中に、同情めいた気持ちが湧いてくる。

武士に毒見をさせられ、二十七歳の若さで死んだ江戸時代の料理人。つきみ茶屋の二代目女将、お雪のために膳を作るのが夢だった男。さぞかし無念だったのだろう。盃に取りついて、封印されてしまったほどに。

「剣士、頼みがある」

不意に言われ、剣士は「なんですか？」とやさしく応答してしまった。

「この下に店があるんだろ。ちょっと見せておくれよ」

「……散らかってますよ。まだ改装前なんで」

「なんでもいいから頼むよ。俺はよ、立派な料理人になって、お雪さんにうんと旨いもんを食わしたかったんだ。きっと思い残しがあったから、あの世に行けなかったんだろうな。でもって、今は百七十年も経った未来にいる。せっかくなら、未来の料理屋ってヤツを知りたいんだよ」

「もしかして、思い残しが無くなれば成仏して、翔太に戻るんですか？」

残酷な問いであるのは承知の上で、わずかな期待を込めて尋ねてみた。

「成仏か。そうかもしれねぇなぁ……」

しんみりとした玄が、「料理もしてみてぇよ。久しぶりに」とつぶやく。

とりあえず、この人のやりたいことをさせてみよう。それで翔太に戻ってくれるなら御の字だ。

「案内します」

剣士は、一階の店舗に玄を連れていくことにした。

◆

電気を点すと、段ボール箱が積んである店内が視界に入ってきた。

もう使わなそうな食器や乾物類、暖簾などの布物を入れた箱。それに加え、引っ越してきた翔太の未開封の荷物も置いてある。

ただし、掃除だけはしてあるので、客席や厨房の清潔感は保ってあった。

「ほぉ、思ったよりもずっと狭い店だな。待合の頃はもっと広かったのに」

「言っときますけど、ここは江戸時代からある建物じゃないですから。敷地も狭くなったし、何度も建て替えてるし。ここは築四十五年ですけどね」

それでも古き良き時代の面影を残す民家の一階。小さな木の門をくぐるとガラスの格子戸があり、開けるとコの字形の小さなカウンターが目に飛び込んでくる。その横は小上がりの座敷席になっていた。

厨房はカウンターの奥。簾《すだれ》で席からは見えないようになっている。

二階には台所がないため、剣士はここの冷蔵庫や電子レンジを毎日使用していた。流しやガスレンジで調理をしたことは一度もない。流しでは水を汲《く》むか、その水を沸かしてカップ麵を作るくらいだ。あとは冷凍食品をレンジで温めたり、トースターでパンを焼くくらいである。

昔から手作りの和食ばかり食べさせられていた反動で、剣士は冷凍ピザやインスタントのラーメンといった、ジャンクな食べ物が好みになっていた。特に、生卵を落としたラーメンがお気に入りだ。とはいえ、食は細く筋肉トレーニングも欠かさないので、体型は維持してある。

今はジャージの上下ばかり着ていて、服装には無頓着だけど、バーテンダーの頃は毎晩スーツで仕事をしていた。伊達《だて》メガネをした人の好《よ》さげな剣士を、気に入ってくれた顧客もそれなりにいたが、華やかな翔太のほうが圧倒的に人気があったし、スーツ姿も実に様になっていた。

その翔太の外見なのに、中身は時代錯誤のオッサンのような玄が、厨房にあるものの説明を求めてくる。

「井戸がねぇぞ！　竈《かまど》も火鉢《ひばち》もねぇ！」と初めは騒がしくしていた玄だが、次第に

「こりゃ驚いた。便利になったもんだなぁ」と感心し、特に気に入った冷蔵庫に張りついている。

「こいつは魔法の箱だよ。魚も肉も保存できる。これなら生鮪の脂身だって安心だ。……おっと、これはもしや、豆腐じゃないかい？」

「そうです」

「こりゃすげぇ！　豆腐は贅沢《ぜいたく》品だろ。こんなにあるなんてすげぇよ！」

「いや、今は安く買えるんです。量産されてるから」

「はぁー。いい時代なんだなぁ……」

玄は食い入るように、冷蔵庫の下段に並ぶ豆腐のパックを見つめている。

このパックはスーパーの特売品。あまりにも安かったため、買いだめしておいたのだ。

（インスタントや冷凍食品だけではタンパク質が不足する。植物性タンパク質が豊富

な豆腐がオススメだ。野菜でビタミンも取らないとな）とアドバイスしてくれた翔太は、いつになったら姿を現すのだろう。

——そうだ。禁断の金の盃だ。あれをもう一度翔太に使わせたら、元に戻るのではないだろうか？　一刻も早く、翔太を取り戻さなければ……。

物思いに暮れる剣士に向かって、玄が陽気な声を上げた。

「俺は豆腐料理が得意だったんだ。初めは兄貴と〝煮売り屋台〟をやってたんだけどよ」

「屋台？　煮売り？」

「おうよ。煮売りは〝おかず売り〟のことだ。すぐに食える煮物や焼き物を屋台で売ってたのさ。あのよ、寿司《すし》だって天ぷらだって鰻《うなぎ》だって、みんな初めは屋台だったんだぜ。俺の作ったおかずは結構な評判でな。御贔屓《ひいき》さんが銭《ぜに》を貸してくれて、兄貴と小さな店を構えたんだ。あの頃は、季節の料理を箱膳で出してたっけなぁ」

遥《はる》かな時代を懐かしんでいた玄が、豆腐のパックを取り出した。

「剣士、俺に料理を作らせてくれ。後生だから」

「でも、材料が……」

「大丈夫。魔法の箱に豆腐と卵、海苔《のり》が入ってただろ。それに水と出汁《だし》、調味料がありゃあいい。それだけで十分、旨いもんが作れる」

玄の瞳が爛々と輝いている。

「わかりましたよ」

彼の思い残しを解消すれば、翔太に戻るのかもしれない。

一縷《いちる》の希望にかけて、玄の望みを叶《かな》えてやることにしたのだが……。

「悪いけど、このままじゃ動きづれぇよ。この家に着物はないのかい？」

玄は、とことん厚かましい男だった。

仕方なく、父親が店で着ていた紺色の着物を貸してやった。処分しようと思っても、なかなかできなかったものだ。

さらに、父の簞笥《たんす》の奥から出てきたふんどしも差しだすと、玄はよろこんで座敷席に上がり、剣士の目前で着替え始めた。人前で素《す》っ裸《ぱだか》になることにまったく躊躇《ちゅうちょ》がないようだ。そのせいなのか、剣士の視線もつい、彼の身体に吸い寄せられてしまう。

へー、翔太って意外と逞《たくま》しいんだな。

……って、なに考えてるんだよ！　こんな非常事態に！

速攻で前言を撤回してから、着替え終えた玄の立ち姿をあらためて眺める。

――おお、よく似合うじゃないか。

着物姿の玄は、意外なほど男前だった。元がイケてる翔太なのだから当たり前なのだが、威風堂々とした佇《たたず》まいは、まるで時代もののドラマや映画の主人公のようだ。

「よっしゃ、やったるぜぃ」

気合を入れた玄は、袖を紐《ひも》でたくし上げて厨房へ向かった。剣士もあとをついていく。頼む、料理を作ったら成仏してくれ！　と祈りながら。

ところが、思いも寄らぬ珍客が、店に現れたのだった。

◆

「すみませーん」

入り口から丸メガネをかけた、三十代くらいの小柄な男が顔を出した。

「はい？」

剣士が歩み寄ると、男はスマホで自身のブログ画面を見せながら、「滝原聡《たきはらさとし》です。ブロガーのタッキーって言えば、わかるよね？」とのたまう。

タッキー。聞いたことはある。本も出しているグルメ系ブロガーだ。

「ええと、うちは閉店してまして、別の店になる予定なんですけど……」

「はあ？　なんだよそれ」

タッキーは意外に愛らしい眼で剣士を睨み、不快感を丸出しにした。

「アポ取ったのに閉店ってどーゆうこと？　三ヵ月以上も前に行くって言っておいたじゃん」

もしや、生前の両親が応対したのだろうか。

「それは失礼しました。急な事情で店を閉めることになってしまいまして」

「困るんだよね、こっちはスケジュールぎっちぎちなんだから。せっかく来てやったのにさあ、ないわー。マジあり得ないっしょ。このボクが評価しにきてやったのに」

なんだよコイツ。上から目線すぎるだろ。

かなりムカついたが、ここは冷静に応対しておかなければ。

「ご連絡できずにすみません。実はですね」

店主夫婦が事故で亡くなった、と説明しようとしたそのとき、玄が横からすすっと入ってきた。

「お前さん、ぶろがーってなんのことだい？」

うわー、ここで余計なこと言わないでくれ！

剣士は「ちょっとすみません」と断ってから、玄を奥に連れていった。

「あの人は料理屋を巡って店の評価本を出してるんです」

「ひょうかぼん？」

「えっと、江戸の瓦版のようなもので、評価が低いと客足が遠のくんですよ」

「料理屋の番付《ばんづけ》か。江戸っ子も番付好きでよ。相撲も歌舞伎も東西で番付してたもんだ。〝おかず番付〟なんてのもあったんだぜ」

玄はうれしそうだ。まるで緊迫感がない。

「あのさあ、客をほっとくってどーゆうこと？」

業を煮やしたらしきタッキーが、入り口で声を張りあげる。

「板前はいるんじゃん。なんか作れないわけ？」

「いや、この人は板前じゃなくて……」

「作れるぞ！」

剣士を押しのけて玄が言い切る。

「ちょっ、玄さん！」

なんとか引き止めようとしたのだが、玄は振り切ってタッキーに近寄った。

「お前さん、豆腐は好きかい？」

「え？　まあ、普通に」

「よっしゃ、俺が取っておきの豆腐料理を作ってやる」

「……豆腐だけ？」

「おぅさ」

「なんだよ、豆腐だけなんて貧乏くさいなあ」

玄を板前だと思い込んだタッキーが、息を吐くように暴言を吐く。

「あぁ？」と玄の表情が変化した。眉が吊り上がっている。

「貧乏くせぇだと？　この野郎、もう一ぺん言ってみろ！」

板前にあるまじき暴言を返され、タッキーの顔が青ざめる。

「ちょっと待って！」とあいだに入った剣士は、玄から突き飛ばされた。

「お前さんは黙っとけ。料理人は俺だ」

「なんなの？　暴力？　ここヤバい店じゃん。ブログに書くから」

明らかに怯《おび》え始めたタッキーが、急いで席を立った。

「うるせぇ！　いいからそこに座れっ」

一喝されて、彼は席に座り直してしまった。

「いいか、豆腐ってのはなぁ、昔はハレの日にしか食えねぇ特別なもんだったんだ。

庶民にとっちゃ憧れの食いもんだったんだよ。だから『豆腐百珍』が人気になったんじゃねぇか。貧乏くせぇなんて抜かしたら罰《ばち》が当たるわ」

「豆腐百珍だって？」

タッキーがメガネを光らせ、身を乗り出した。

「それ、江戸時代のベストセラーだ。板さん、豆腐百珍の料理作れんの？」

「あたぼーよ。俺は全部作れるぞ。続編の料理も全部だ」

鼻をひくつかせた玄に、タッキーは興奮気味で言った。

「それって、豆腐料理のレシピが百も載ってる本だよね。続編もあったって、ネットで見たことある。一度食べてみたかったんだ。ねえ、なんでもいいから作ってよ」

「最初からそう言えや。すぐ作ってやっから待っとけ」

「じゃあ、ここで仕事させてもらうからね」

タッキーは背負っていたリュックからノートパソコンを取り出し、カウンターに置いてパチパチとキーボードを叩き始めた。

なんなんだよ、この状況は。頭がおかしくなりそうだ。玄がまともな料理を作るとは思えないし、このブロガーも図々《ずうずう》しすぎる。……でも、つきみ茶屋は無くなるんだから、どうなってもいいか。こうなったらヤケクソだ。

剣士は口からの出まかせで、その場を誤魔化すことにした。

「あの、営業はしていないのでお代はいただきません。今、次の店舗のために料理の研究をしているんです。試食として食べていただきますので、ご了承ください」

「うん。なんでもいいから早くしてね。あと、お茶くらい出してもらえる？」

パソコンから目を離さずにタッキーが答える。

コイツ！　とまた思ったが、「かしこまりました」と頭を下げてしまうのは、バーテンダーだった頃のクセだ。

「玄さん、とりあえず厨房に行きましょう」

「おぅ、俺に任せとけ」

かくして剣士は、突如舞い込んだ珍客、しかもグルメブロガーに、料理を出す羽目になったのだった。

◆

「——これが竈の代わりだな。火加減も自由自在なんざ、ありがてぇよ。水もここを捻《ひね》ったら出てくるのか。すげえなぁ」

飲み込みの早い玄は、すぐに流しやガスレンジの使い方を覚えてしまった。

彼に言われた通りの食材も調理器具も、剣士が大急ぎで用意した。

「まずは包丁でぃ！」と言われたときは、「見るのもイヤだ！」と抵抗したくなったのだが、この緊迫した状況だと、そうも言っていられない。

刃先に触れないよう、細心の注意を払って包丁を取り出し、まな板、鍋、おたま、箸なども揃《そろ》えてやった。これらの器具に関しては、江戸時代から基本構造に変化はないようだ。材質やデザインの激変にはかなり驚いていたが。

調味料は、酒、醤油、味醂《みりん》、砂糖、塩、ごま油。これらも江戸時代からあるものばかりだった。

「そうだ。山芋はないのかい？　粘りを出したいんだよ」と言われたのだが、もちろんあるわけがなく、代わりになるようなものとして、じゃが芋の粉である片栗粉《かたくりこ》を見せた。

「おお、片栗の粉。片栗の球根は粘りが出て丁度いい。俺が生きてた頃も、大和《やまと》や越《えち》前《ぜん》で栽培されてたんだぜ」

そんな玄の言葉で、片栗粉のカタクリが植物の名前だと知った剣士は、すぐさまスマホで検索をしてみた。

「なんでぃ、その面妖な手帳は」

珍しそうにスマホを眺める玄に、「なんでも調べられて、遠くの人とも連絡が取れる便利な機械」と説明する。

「うぉおっ！　すげーじゃねえか！　ちょっと見せておくれよ！」

「それはあとにして、今は料理をしてください！」

玄に背を向けて検索した結果、カタクリの疑問はすぐに解決した。

〝江戸時代には豊富だった自生のカタクリは減少し、明治以降に北海道開拓でじゃが芋が大量栽培されるようになったため、片栗粉の材料はじゃが芋に切り替わったのだが、名称はそのまま残った〟とのことらしい。

「なるほど、勉強になるな」と独りごちた剣士の顔を、自分より少し背の高い玄が覗き込む。いつの間にか、手ぬぐいで作ったねじり鉢巻きを頭につけている。

「剣士。俺の我儘《わがまま》を聞いてくれてすまない。お前さんは人がいいねぇ。さすがお雪さんの子孫だ。気に入ったよ」

などと言いながら、また顔をグイグイと寄せてくる。

いや、気に入らなくていいから。マジで。それよりも、早く料理を作ってタッキーに出してくれ。それで安らかに成仏してくれ！

急いで玄から離れた剣士は、ふと思った。

昔から「大らかでお人好《ひとよ》しだ」って言われることが多かったけど、それって僕が「鈍感なマヌケ」ってことなのかもな……。

剣士はこのトンデモ展開を受け入れている自分が、常識を逸脱したマヌケ者のような気がしてきた。

「こりゃ最高の台所だな。腕が鳴るぜぃ」

また感嘆の声をあげた玄が、素早く調理に取りかかった。鍋で湯を沸かし、まな板の上に食材をのせる。

トントントントン――。

何かを刻む音。漂う出汁の香り。

割烹が活気づいていた頃のようで、やけに懐かしい。いそいそと手を動かす玄の後ろ姿が、亡き父と重なって見える。

いや、父さんの着物を着てるから、そう感じただけだろ。

胸にこみ上げてきた何やら温かいものを、息と共に吐き出してから、剣士は再びスマホを操作し始めた。

盃、憑依、魂、江戸、料理、呪い、などのワードを散々検索してみたが、翔太と玄に起きたような怪異現象について、何も情報は得られない。

やっぱり、あの金の盃をもう一度使えば、翔太に戻せる気がする。

もしくは、玄の思い残しを解消して成仏させてやるか。

今のところ翔太に戻せる可能性は、このどちらかの手段しかないようだ。あくまでも仮説にすぎないけど。

「玄さん、ちょっと二階に行ってきます」

「おぅ、すぐできっから」

玄はせっせと調理に励んでいる。

剣士は二階に上がり、棚に仕舞った金の盃を取り出した。

「うわ、最悪なんですけど……」

なんと、縁の一部が欠けてしまっていた。欠けた部分から一ミリほどの大きなヒビが、縦に深く入っている。その欠片《かけら》も盃の中にあった。

そういえば、翔太がこれを落としたとき、カツンと音がした。あのときに破損してしまったのだろう。

これじゃあ、酒が半分くらいしか入らないな……。

今すぐ直したい衝動に駆られて、盃をじっと見つめる。

まさか、本当に魔力を秘めた盃だったとは、思ってもいなかった。迷信深かった両親の戯言《たわごと》だろうと、どこかで舐《な》めていた過去の自分を、「舐めんな！」と蹴り飛ばしてやりたい。

翔太、ごめん。絶対に元に戻してやる。僕を信じて待っててくれ。

祈りを込めて欠けた盃を見つめ続けていたら、一階から大声がした。

「でき上がったぜぃ！」

剣士は盃を棚に戻し、深くため息をついてから、再び狭い階段を下りていった。

◆

「剣士の分も用意したぞ。やっぱり料理ってやつは楽しいねぇ」

カウンターの上で、皿から湯気が上がっている。店で使用していた焼き魚用の和食器が、ふたつ用意されていた。

「なにこれ。蒲焼《かばやき》？」

タッキーが物珍しそうに皿を手に取る。縦に筋が入った長いハンペンのようなものが、こんがりと醤油ダレで焼かれていた。ぱっと見は鰻の蒲焼によく似ている。

「ご名答。これは〝鰻もどき〟って豆腐料理さ。〝豆腐百珍〟のひとつだよ」

「へえー。おもしろいなあ。写真撮っておこっと」

スマホをいじり出したタッキーから、少し離れた場所に剣士も座る。

「お前さんの皿はこっちだ。さ、冷めねぇうちに食っとくんな」

玄が皿と箸を剣士の前に置いた。

「いただきます」

タッキーの声がしたので、自分も手を合わせて箸を取る。鰻もどきの脇を崩して口に入れた。

揚げた豆腐の生地と蒲焼の甘辛いタレがしっくりと絡み合う。片栗粉でねっとりとした生地は餅のようでもあり、どこか懐かしさのある美味しさだ。

「うん、ウマいです」

「だろ？」と玄がまなじりを下げ、解説を始めた。

「まずは水を切った豆腐をすりつぶす。そこにおろした山芋を入れるんだけどよ、代わりに片栗を入れてみた。あとは卵白と塩を足して混ぜて、海苔の上に平たく載せる。箸で線を入れてあるから、開いた鰻のように見えるだろ。それをごま油で揚げてから、醬油と酒、味醂を混ぜたたれで焼いたのさ」

なるほど、意外と手の込んだ料理なのか。豆腐生地の弾力もタレの甘辛さもいい塩《あん》梅《ばい》で、食べ応えもある。

でも、何かが足りない。

「……わかった。あれだ」

剣士は厨房から山椒《さんしょう》の入れ物を持って来た。鰻もどきに振りかけて、またひと口。

すると――。

「ウマい！　ご飯に載せたら鰻の蒲焼丼と近くなりそう」

「ほほう、山椒の粉を足したのかい。そりゃ旨いに決まってるわな」

「ちょっと。客に渡すのが先なんじゃないの？　こっちにも山椒くれよ」

タッキーが文句を言ったので、「正確に言うと、僕はこの店の者じゃないんです」

と告げながらタッキーに山椒を渡す。

嘘ではない。自分はもう、つきみ茶屋とは関係ないのだ。その次にワインバーをやる者なのだから。

「どれどれ。――なるほどね。悪くないじゃん。山椒かけた方がイケる」

鰻もどきを速攻で平らげたタッキーが、お茶をズズッと飲む。

初対面の傍若無人《ぼうじゃくぶじん》なブロガーと共にカウンター席に座り、翔太に憑依した江戸の料理人の料理を食べている。

まさか、こんなにも奇怪すぎる現実が訪れるとは。

数時間前は、翔太と新店舗の相談をしていたのに。

ワケがわからなすぎて、剣士の感覚はマヒしつつあった。

「もう一品あるんだぜ」

楽しそうな玄が厨房に入り、すぐに漆塗りの椀《わん》を盆に載せて出てきた。

「こっちは豆腐百珍の〝ふわふわ豆腐〟だ」

出汁が強く香る澄まし汁の上に、黄色がかった白いものが浮かんでいる。文字通りふわふわとしたものだ。

「ふーん。茶碗蒸《ちゃわんむ》しとスフレの中間みたいな感じだね」

タッキーは再びスマホで写真を撮った。

「すった豆腐に泡立てた卵を合わせて、澄まし汁に流し込んだんだ。これもうめぇぞ。さ、熱いうちに匙《さじ》で食っとくれ」

玄が見守る中、まずは汁を飲んでみた。アツッと声が出るほど熱々だ。出汁は京料理のような薄味ではなく、濃厚でしっかりとした剣士の好みの風味である。

続いて、ふわふわの豆腐を匙ですくって食べる。出汁をしっかりと含んだ美味しいものが、つるりと喉元を落ちていく。

「なんか染みる……」

思わず声が漏れた。味は茶碗蒸しに近いが、ベースが豆腐なのでもっとしっかりとした食感だ。また出汁をひと口。――ほう、とため息が出る。

冷凍食品やインスタント食品に慣れてしまった剣士にとって、玄の朴訥《ぼくとつ》な手料理はやけに新鮮だった。

「どうだい、うめぇだろ? 江戸じゃぁ卵も貴重品だったんだ。庶民にとっちゃ、これも豪華なご馳走《ちそう》だったんだぜ」

「出汁が濃いね。昆布とカツ節を贅沢に使ってる」

椀を持ったタッキーがつぶやくと、玄が「その通りだ。お前さん、なかなか通じゃねぇか」と破顔した。

「あのさー、ボク、グルメ本も出してるんだよね。板さんさぁ、ボクのこと舐めてたでしょ」

「タッキーさん、失礼しました。今夜はご試食ありがとうございます」

すかさず剣士が謝っておく。なにしろ異常事態中なのだ。すべてを穏便に済ませておきたい。

「剣士」と玄が声をかけてきた。

「なんですか？」

「お前さんが用意してくれた食材。豆腐はなんか抜けたような味だったけどよ、鰹節《かつおぶし》と昆布は極上品だった。出汁は料理人の基本だ。素材が良くねぇと話にならねぇ。お父っつぁんはいい料理人だったんだろうな」

確かに、父の作る料理はすこぶる評判が良かった。

出汁にこだわり、食材にもこだわる厳しい職人。豆腐だって、玄が使った市販のパック詰めではなく、専門店から取り寄せていた。季節素材の茶碗蒸しも、人気料理のひとつだった。

――茶碗蒸し、か。昔は僕のためによく作ってくれたな。

幼少時、偏食気味だった剣士が好んで食べたのが茶碗蒸しで、父母は中身を工夫して食べさせてくれた。エビ、鶏肉、白身魚、細かく切った野菜。ときにはソーセージだったり、餃子《ぎょうざ》が入っていたこともあった。

……どの茶碗蒸しも、例外なく美味しかった。

両親と過ごした日々が、走馬灯のように脳裏を駆け巡る。

口喧嘩で物別れをしたときの、苦い記憶も蘇《よみがえ》ってきた。

(父さんの顔なんて、二度と見たくない)

……違うんだ。そんなこと本気で思ったわけじゃないんだ。父さん、最後に酷《ひど》いこと言ってごめん。母さん、いつも心配かけてごめん。できることなら、事故が起きる前に戻ってやり直したい……。

「おいおい剣士、泣くほどうめぇのかい？」

玄に指摘されて、あわてて目の縁を拭った。

「いや、湯気が目に入っちゃって。……玄さん、これ、ウマいです。すっごく美味しい」

「そうか、旨いかい。やっぱり誰かにそう言ってもらえると、うれしいもんだねぇ。ありがたいよ」

そう言って玄は、コップに入れた日本酒を飲み干した。いつの間にか飲み続けていたようだ。

「まあ、確かによくできてたし、江戸料理ってのも珍しい。悪くはないね」

食べ終えたタッキーは、そそくさと帰り支度を始めた。

「だけど、接客態度が最悪。特に板さん。だから星はつけられない」

「なんだとぉ！　俺のどこが最悪なんだよっ」

カウンターの中から飛び出しそうになった玄を、剣士は「玄さん、落ち着いて」と止めに入った。

「そーいうとこだよ。喧嘩っぱやいとこ。ただ……」

「なんでぃ、まだ文句あんのか」

「板さんのキャラも含めて、すべてが江戸っぽい。ほかにどんな料理を出すのか興味が湧いた。店のコンセプトは気に入ったから、また来るよ」

「こんせぷと？」

キョトンとする玄はスルーして、タッキーに話しかける。

「何度も言いますけど、ここは別店舗として新装オープンするんです。何か決まったらお知らせさせてください」

「じゃあ、ブログのアドレスに連絡して。ごちそうさまでしたー」

入り口でペコッとお辞儀をしてから、タッキーは出ていった。

店内に静寂が戻り、どっと安心感が押し寄せる。

「あー、何とか凌《しの》げた。でも、もう限界」

剣士は思わず、カウンターの上につっぷした。

「剣士、いろいろ悪かったなぁ」

コップに酒を注ぎ足した玄が、隣の席に座る。

「今日はいい日だよ。封印から解かれただけでもありがたいのに、お雪さんの子孫と会えたんだからな。料理も食ってもらえるなんざ、奇跡のようなもんだよ」

しみじみと言ってから、グイッと酒を飲む。かなりの飲兵衛《のんべえ》である。

「俺はやっぱり料理が好きだ。旨いって言ってもらえて、満足……だよ……」

こくりと玄の首が垂れ、頭から鉢巻きが落ちた。——すうすうと寝息が聞こえる。

おい、いきなり寝るのかよ。

勝手に振る舞って疲れたら即寝なんて、まるで子どもじゃないか。それに、こんな薄着のままだと、風邪を引いてしまうかもしれない。

剣士は仕方がなく、二階の寝室から毛布を運んできた。

玄の肩にかけようとしたら、むっくりと上半身を起こした。

「あー、オレ、カウンターで寝ちゃってたのか。ごめんな」

玄の顔を見て目を見張った。

白かった前髪が栗色の毛に戻っている！

「翔太！　なあ、翔太だよな？」

「……なんだよ？　それがどうかしたのか？」

「し、翔太――――！」

思わず後ろから抱きついてしまった。

玄だった翔太が元に戻ったのだ！

「どうした剣士。もしかしてオレ、酒飲みすぎてなんかやらかしたか？」

「いや、そうじゃない。よかった。マジよかったよ！」

隣に座って着物の胸元を掴み、翔太を何度も揺らす。

「剣士も飲みすぎたのか？　なんか変だぞ。あとさ、オレ、なんで着物姿なの？　なんでふんどし？　もしかして、なんかの罰ゲーム？」

「それは……」

「この料理、剣士が作ったのか？　料理できないんじゃなかったっけ？」

「いや、あの、そうじゃなくて……」

状況が把握できない翔太は、矢継ぎ早に質問を浴びせてくる。

どこから説明していいのかわからず、剣士はしどろもどろになっている。

「うー、なんか頭が痛い。マジで飲みすぎたのか、オレ。金の盃で酒を飲んでから、いまいち記憶が曖昧なんだけど」

こめかみを指で押さえる翔太が、なんだか痛々しい。江戸の料理人に憑依されていた、なんて、どう説明したら信じてもらえるのだろう？

考えがまとまらないまま、冷蔵庫から持ってきたミネラルウォーターのペットボトルを翔太に渡した。

「まずは水でも飲んで」

「ああ、ありがとう」

一気に半分ほど水を飲んでから、翔太は改めて剣士と目を合わせた。

「あのさ、妙な夢を見ていたんだ」

「夢？」

「オレが江戸時代の料理人になった夢。お茶屋に仕出し料理を届けて、客の武士に毒見をさせられるんだよ。横柄《おうへい》で、いかにも偉そうな武士でな。半ば無理やり酒を飲まされて、もがき苦しんで気を失う。酒に毒が入ってたんだ。とんでもなく恐ろしかった」

「もしかしてそれ、金の盃だったんじゃないか？」

息せき切って尋ねると、「当たり。そうなんだよ」と翔太が答えた。

「でさ、夢の続きがあって。なぜかこの家に江戸の料理人になったオレがいるんだよ。文明の進化に驚いたりはしゃいだりして、剣士を振り回した。断片的な夢だったから、そのくらいしか覚えてないんだけどな」

相変わらず、翔太はこめかみを押さえている。

剣士は確信した。

翔太が夢で見た毒見のシーンは、玄が死を迎える直前の記憶。そして、自分が玄に取りつかれていたときのことも、翔太は夢というカタチで漠然と見ていたのだ。

「あのな翔太、それは夢じゃない。現実だよ」

「……どういう意味だ？」

「落ち着いて聞いてくれ。翔太は、江戸時代の料理人に憑依されたんだ」

◆

絶句する翔太に、金の盃を使用した直後から、彼の身に何が起きたのか説明した。

前髪の一部が白く変化したこと。剣士の先祖のお雪を知っていて、彼女に膳を作るのが夢だったと言ったこと。料理が作りたいと熱望されたこと。グルメブロガーが飛び込んできて試食させる羽目になり、豆腐百珍なる江戸のレシピ本の料理を出したことも、詳細に伝えておいた。

「――じゃあ、これを作ったのはオレなのか？」

剣士が食べ残した豆腐料理を、翔太が恐々と見つめている。

「そう。正確には、翔太に乗り移った玄が作ったんだけど。だからあれは、本当に禁断の盃だったんだよ」

「信じられない……」

「僕だってそうだった。でも事実なんだ。翔太が着物姿なのもそのせい。玄がジーンズを嫌がったから、父さんの着物とふんどしを貸したんだ。で、玄が自分で着つけしたんだよ。僕に着させられるわけがない」

「まあ、それはそうだな」と翔太が腕を組む。

「……今から思えば、骨董品を見たときからおかしかったんだ。なぜかあの盃に魅入られてしまった。剣士の目を盗んで懐に忍ばせたのも、それを磨いて勝手に使ってしまったのも、いつものオレならしないような気がする」

「うん、僕もそう思う」

思慮深い翔太らしからぬ行動。それは、盃に封印されていた玄の、「もう一度この世で思い残したことをしたい」という、執念によるものだったのではないだろうか。

「だとしたら、なんでオレは元に戻れたんだ？　また金の盃で酒でも飲んだのか？」

「違う。玄は盃が怖いから絶対に使わなかった。コップで酒を飲んで、そこでうたた寝をして、起きたら翔太に戻ってたんだ。あ、もしかしたら……」

剣士は自分が立てた仮説を説明することにした。

「思い残しが無くなれば成仏できるかもって、玄さんが言ってたんだ。彼は得意の豆腐料理を作って、お雪の子孫に当たる僕に食べさせた。それで満足して成仏したんじゃないかな」

なんとなくの推測だが、そうであればいいという願望でもあった。

しかし、「本当にそうなのか？」と、翔太は疑わしそうに首を傾《かし》げる。

「さっきから身体が重い。自分のではない鼓動を感じる。ほら」

手を引かれた剣士は、翔太の左胸にその手を置く。

――ドクン、ドク。ドクン、ドク。ドクン、ドク――

「うわっ」

驚いて手を離す。ふたつの心臓音が重なっているように感じたのだ。

「な？　その玄ってやつ、まだオレの中にいるような気がする」

いかにも気味が悪そうに、翔太が自分の胸を撫《な》でる。

「……マジかよ」

「信じたくないし、はっきり言って恐ろしいよ。だけど、どうすることもできないんだから、今は受け入れるしかない」

そういえば、玄も「翔太は自分の中にいる」と断言していた。ということは……。

「まさか、翔太が寝てるときが玄さんの現実で、玄さんが寝ると翔太に戻るのか？」

翔太が見た断片的な夢は、玄が体験していたリアルだったのだ。だとすれば、今は玄が夢の中で翔太と自分の会話を聞いているのかもしれない。

「それを確かめるには、オレがもう一度眠ってみるしかないな。起きてオレなら玄は成仏した。そうじゃないなら……」

――また玄が現れる。そんな奇妙すぎる現実、考えたくもない。

「まあ、なるようにしかならん。オレでいられることを願って寝るよ。頭も痛むし」

「もう遅くなっちゃったしな。上の部屋で寝よう。翔太の部屋、新しい布団の用意してあるから」

「助かる。それから、金の盃をもう一度使ってみたい。あれが玄の魂の器だったわけだろ？　また使わないと封印できないんじゃないか？」

「それが……」

盃の縁が欠けてヒビが入ってしまったと翔太に告げると、「それは困るな」と顎に手を置く。

「今夜、俺が取った行動を忠実に再現したい。そのせいで憑依されたわけだからな。さっき飲んだ酒を完璧な形の盃で飲んでみたいんだ」

翔太ならそう言うだろうと思っていた。剣士とは異なり、彼は「なんとなく」という動機では動かない。理論的に思考して行動する男なのだ。

「だったら、金継《きんつ》ぎでもしてみる？　欠けた部分を金継ぎで修復すれば、元の盃と同じようになるんじゃないかな」

金継ぎとは、漆の樹液を使って壊れた器を修理する、日本古来の技法だ。欠けた部分に漆を塗って固めてから、表面に金粉を施す。陶器はもちろん、ガラス器にも使用可能な伝統技術だった。

「なるほど、金継ぎか。さすがは剣士、老舗料理屋の息子だ」

「翔太だって老舗料亭の息子だろ」

「オレは剣士と違って、親との相性が悪すぎて家を飛び出したクチだから」

「僕だって、父親とは仲がいいとは言えなかった」

「いや、お前はオレとは違う。ちゃんとご両親を信じていたし、本当は大事に想っていた。ずっと感謝もしていた。家業を継ぐのが嫌だっただけで、親父《おやじ》さんが嫌だったわけではない。そうだろ？」

　翔太はやけに真剣だ。

　事実、その通りだった。両親を信じていたから、安心して甘えることができたのだと、今ならはっきりと言える。一方、翔太は複雑な家庭に育ったため、自分の父母に対して否定的だった。

「大丈夫だ。剣士の想いは、ご両親にもちゃんと伝わっているよ」

　たまらなく柔和な表情と声で、翔太が言った。

「ありがとう」と言葉にした瞬間、また目頭が熱くなってきた。

　急いで横を向き、瞬きをして瞳を乾かす。

　異常事態が続いたせいなのか、感情を動かすアンテナが過敏になっているようだ。

「……で、金継ぎの話だが、剣士は技術を習得しているのか？」

「ごめん、してない。でも、近所に金継ぎをやってくれる漆器の店がある。そこも江戸から続く老舗なんだ。頼んでみようか」

「そうだな。では、早速だが明日行ってみることにしよう。ところで、この料理なんだが……」

　カウンターの豆腐料理を翔太が睨んでいる。

「剣士は食べたんだよな？」

「食べたよ」

「どうだった？」

「悪くなかった。素朴な豆腐料理だけど、普通に美味しかったよ。江戸時代も現代も、和食ってそんなに変わってないんだな」

　すると、翔太がやや尖《とが》った口調で言った。

「だが、センスが悪い。盛りつけも雑すぎる。料理ってのは見た目も大事なんだ。視覚から受け取る情報が、味に直結するんだよ。同じ調理法で作った料理でも、どんな盛りつけだったのか、どこで誰とどんな雰囲気で食べたのか、それらの情報が美味しさの重要なファクターになるんだ。仮にも料理人なら、もっと考えてほしいよな」

　普段は穏やかな翔太が、珍しく苛立《いらだ》っている。憑依された相手が作ったものだから、余計に気に入らないのかもしれない。

「……悪い。オレ、かなり疲れているようだ。玄に憑《つ》かれているからなのか？　なんてな」

　笑えないジョークだった。

「ここであれこれ考えてもしょうがない。とりあえず、今夜は欠けた盃で寝酒をしてみるよ。あと、催眠用の音楽だ」

「ああ、翔太お気に入りの」

「そう。あれを聴くとすぐ寝てしまうんだ。毎晩聴いていたせいだろう。パブロフの犬だな」

川のせせらぎや風の音、小鳥の囀《さえず》りなど、自然音をベースにしたヒーリング用の曲。剣士も翔太から教えてもらい、スマホでダウンロードしてあった。確かに、あれを聴くと自分も眠くなる。

剣士は翔太と共に厨房を片づけ、二階の居間に上がった。

「半分しか入らないけど、これで酒を飲んでおく」

翔太は欠けた金の盃で酒を飲み、何やら真剣に祈っている。

「これでアイツが封印されることを願うよ」

「そうだね。僕も祈っておく」

剣士も「玄さん、どうか成仏してください」とその場で手を合わせてから、寝支度を整えた。

「じゃあ、また明日な」

ストライプ柄のパジャマに着替えた笑顔の翔太が、両親の部屋だった隣の和室へ入っていく。剣士も「おやすみ」と答え、自室で床に就いた。

やがて、隣の部屋から薄《う》っすらとBGMが流れてきた。翔太のお気に入りヒーリング・ミュージックだ。それを聴きながら、剣士はもう一度願った。

どうか明日は、平凡な日常が過ごせますように。

起きたら翔太に、おはよう、と言えますように——。

◆

リアルな小鳥の囀りで目覚めたのは、朝九時を過ぎた頃だった。

剣士はぼんやりとした頭で寝間着からジャージに着替え、洗面所へと向かう。歯を磨いたあたりで重要なことに気づき、その場から駆け出した。

「翔太！」

大急ぎで翔太の部屋をノックする。

反応がないのでそっと戸を開けると、窓の下に布団が畳んである。その横に、なぜか体長一メートルほどのぬいぐるみが置いてあった。巨大でモフモフなカピバラのぬいぐるみだ。どこにも翔太の姿はない。

「おい！　翔太！」

二階のトイレや風呂場にも、居間にも人の気配はない。

ってことは、一階にいるのだろうか？

廊下から階段へ向かおうとしたら、下から味噌汁《みそしる》の香りが漂ってきた。

「もしかして、朝メシ作ってくれたのか？」

期待と不安が交錯する気持ちを抱え、階段を下りて厨房に入ると……。

「この寝坊助が！」

振り向いた翔太がクワッと口を開く。

「朝餉《あさげ》なんぞとっくにできとるわ。とっとと食いな」

前髪の一部が白い。瞳から怪しい光が放たれている。そして、紺の和服姿。これはもしかして――。

「玄、さん？」

「おうよ。ほかに誰がこの家にいるってんだい？」

がっくりと剣士の肩が落ちた。

玄は成仏などしていなかったのだ。

昨夜、翔太は金の盃で酒を飲んだのに、効果がなかったということになる。やはり、盃を金継ぎしないと駄目なのか……。

「なにぼやっとしてるんだい。俺はとっくのとうに起きて、ここらの埃《ほこり》を払ってよ。水拭きまでしたんだぜ。庭にも出てみたけどよ、空が澱《よど》んでるねぇ。俺が生きてた頃とは空気も水も違う。なんとも言えねぇ臭いがする。文明開化とやらで、いろんなところが汚れちまったのかね。それに、お天道さんの光が強烈で、江戸じゃねぇみたいだ」

ぶつぶつとつぶやいているが、剣士は相手をする気になれない。

「さあ、お前さんの朝餉だよ」

玄が厨房に重ねてあった漆塗りの盆に、朝食をのせて差し出した。

剣士はこの現実を受け入れざるを得ないと諦め、静かにため息をついて盆を受け取った。

「台所にあるもん、勝手に使わせてもらったぜ。たんと食いな」

海苔で巻いた大きなおにぎりが三つ。豆腐の味噌汁。それに、青菜の煮びたしの入った小鉢が添えてある。

――ん？　青菜？

「これ、なんですか？　野菜の買い置きなんてしてなかったはずだけど」

「ああ、庭に生えてた蔓紫だ」

「ツルムラサキ？」

「知らねぇのかよ？　粘り気があって旨いぞ。粘る葉物は栄養があるんだぜ。そうそう、ドクダミも生えてたから今度天ぷらにしてやるよ。紫蘇《しそ》もミョウガも三つ葉もあった。お前さんちの庭は葉物が豊富でいいね。さすが料理屋の庭だ」

家業に関心のなかった剣士は、庭に何が生えているのかすら、把握していなかった。

とりあえず、いただくか。せっかく作ってくれたんだし。でも……。

「玄さん、おにぎりがデカすぎる。今の時代のおにぎりは、この半分くらいの大きさなんです。三つも食べられませんよ」

「なんだって？」

玄が目の玉を引ん剝く。

「江戸っ子はよ、一日に米を五合は食ってたんだぜ。なのに三つくらいも食えないなんざ、情けねぇよ。お前さんも江戸っ子だろうに」

「江戸っ子じゃないです。東京っ子」

言い返しながら、カウンター席に座っておにぎりを頰張る。

——ウマい！

「なんだこれ、ただの塩むすびなのにめっちゃ美味しい。この茶色いのってオコゲなんだ」

コシヒカリが絶妙な加減で炊かれている。ところどころに交じった焦げの香ばしさと、天然塩のマイルドな辛さが相まって、食欲に火をつける。

「そりゃそうさ。飯炊きが得意な俺が、土鍋でじっくり炊いた米だからな。あのなんだ、つまみのついたガスなんとかってやつ」

「ガスレンジ」

「そうそう。それの火加減を操るのがしんどかったけどよ、音を聞いてさえいりゃ、火の入り具合なんざすぐわかる」

玄に炊飯器の使い方は教えていなかった。厨房の棚から土鍋を引っ張り出してきたのだろう。

「この蔓紫、ちょっと土臭いけど味つけが濃いからイケる。ホウレン草の煮びたしっぽい。——味噌汁も出汁が利いててウマい」

こんな和の朝食を取るのは久しぶりだった。ここ最近は遅く起きて、朝昼兼用の食事としてインスタントラーメンばかり食べていたので、土鍋でふっくらと香ばしく炊き上げた米の美味しさが、胃の隅々に染み渡る。

米が倉庫に積んであるのは知っていたが、それを炊いて食べる気にはなれないままでいた。亡き父を思い出してしまうから、だったのかもしれない。

「玄さんの料理、やっぱ染みるよ」

でも、おにぎりは一個で十分だった。

「海苔も極上品だから、ちょっと炙《あぶ》ったらいい香りでよ。お前さん、やっぱりここは日本料理屋のままがいいよ。わいんばに変えるのは考え直してくれないかい？　俺が料理を作るからさ」

「もー、やだな玄さん、無理に決まってるじゃないですか」

玄の言葉は軽くスルーしておいた。ここは改装して、翔太とワインバーをやると決めたのだ。そのためにも、早く玄をどうにかしなければ。

「そうだ。玄さん、昨日夢を見ませんでしたか？　身体の主の翔太に戻って、僕と話す夢」

「生憎《あいにく》だけど、俺は夢なんざ滅多に見ない性分でな。朝までぐっすり寝させてもらったよ。起きたら横にでっかい鼠《ねずみ》の作り物がいて驚いたわ」

「ネズミ……？」

それは、布団の横にあったカピバラのぬいぐるみだろう。ってことは、翔太はモフモフのぬいぐるみと寝ていたのか。いわゆる抱き枕ってやつだ。

翔太がカピバラに抱きついて寝ている姿を想像し、剣士は頬を緩めた。普段はクールで見た目にも気を遣う翔太だけに、ギャップが面白い。

「なに笑ってんだい。さ、食ったら出かけるぜ」

「はい？」

「神楽坂を案内しておくれ。江戸の頃からどんだけ変わったのか、この目で確かめたいのさ。そうしねぇとこの世に未練が残る。思い残しがあると成仏できねぇからよ」

おい、マジかよ……。

剣士は頭を抱えたくなった。勝手に物事を進めようとする玄を、どう扱ったらいいのか見当もつかない。しかも玄は、夢の中で翔太の言動を見ていないという。乗り移られてしまった翔太がどれほど迷惑をこうむるのか、知る由《よし》もないのだろう。

「味噌汁、お代わりするかい？」

途方に暮れる剣士には気づきもせずに、玄は明るく言ったのだった。

第2章「秋の味覚　白葡萄・松茸《まつたけ》・鴨《かも》」

「うんめぇー！　なんだこりゃ？　中からとろんって出てきたぞ！」

神楽坂の名物〝ペコちゃん焼〟を頬張りながら、玄が声を張りあげた。

「カスタードクリーム。卵の黄身と牛乳なんかで作ったクリームです」

「くりーむか。こりゃあ江戸じゃ味わえねぇや。いやー参った。うめぇよ」

あっという間にペコちゃん焼のカスタードクリーム入りを食べた玄は、続いて十勝あん入りを手に取った。

「どれ、こっちもいってみっか」

このペコちゃん焼とは、全国にある菓子店『不二家《ふじや》』の中で、飯田橋《いいだばし》神楽坂店でだけ店頭販売しているもの。不二家の看板キャラクターであるペコちゃんの顔を模《かたど》った、人形焼のような焼き菓子だ。

「おお、かすてらと餡子《あんこ》か。こいつは江戸の頃と変わんねぇな。やっぱり餡子は旨いなぁ。しかもよ、かすてらが童女の顔になってるなんざ、なかなか粋じゃねぇか」

「粋、ですか」

玄が言う粋の定義がよくわからない剣士の前で、彼はあっという間に二個目を平らげ、また大声を出す。

「剣士！　剣士！　次は毘沙門《びしゃもん》さんに連れてっとくれよ！」

「声が大きい。静かにしてくださいよ」

〝毘沙門さん〟こと『毘沙門天・善國寺《ぜんこくじ》』は、今さっき通りすぎたばかりだった。玄は他に気を取られていたから、気づかなかったのだろう。

あー、ここまで下りてきたのに、また坂を上がるのか……。

剣士はほとほと困り果てていた。玄が街中ではしゃぎまくるからだ。

見た目は翔太の着流し姿なので、とんでもなく麗しい。なんというか、女性向けソーシャルゲームに出てくる和装キャラクターのようだ。

しかし、中身は江戸時代の料理人なのである。声はデカいしガサツだし、言うことがトンチンカンなのだから、変人だと思われても仕方がない。

初めは「カッコいい！」と二度見した通りすがりの女子たちから、すぐに「やっぱカッコ悪い」と三度見されている。

ああ、本当はガチでカッコいい男なのに……。

自分が寝ている間に玄が街に出て変人扱いされた、なんて翔太が知ったらどう思うのか、想像するだけで身震いがする。

剣士はキャップを被《かぶ》り直し、伊達メガネの位置も直した。口元は大き目のマスクで隠している。この姿なら、近所の顔見知りに会っても気づかれない。奇怪な言動をする玄を、知人に会わせることだけは避けたかった。

「剣士、文明開化ってやつは、本当にすげぇなあ」

相変わらず玄は声を弾ませている。

今朝、家から出るや否や、玄は興奮しながらあちこちを飛び回った。

つきみ茶屋がある坂上の細い路地裏には、石畳の左右に黒塀の高級料亭や老舗割烹が建ち並び、いかにも『夜な夜な政治家や文化人が訪れ、密談を交わしていそう』なムードが漂っている。

その路地を出た先が、〝神楽坂通り〟と呼ばれるメイン通りだ。近代的な商業施設やマンションと、昔ながらの民家や店舗が混然一体となっているため、この辺りを

「山の手の下町」と呼ぶ人もいるが、剣士にとっては見慣れた近所の風景である。

しかし、江戸時代に生きた玄にとっては、初めて目にする異空間。電柱、看板、ビル、コンクリートなど、目についたものに突進しては、「なんでぃこれは！」「こんなもん江戸にはねぇよ！」と騒ぎ立てる。

その度に説明を求められる剣士は面倒なことこの上ない。周囲から注がれる奇異な視線も耐え難《がた》いものだった。

「もう少し戻ると毘沙門さんです。神聖な場所なんだから、静かに歩きましょうね」

子どもをなだめすかすような気持ちで玄に告げると、彼は急に歩みを止め、坂の下を振り返った。

「……あのよ、思い出したんだ。神楽坂ってのはな、江戸の頃はこんな坂じゃなくて、だだっ広い階段だったんだ。立派な武家屋敷《やしき》がたくさん並んでてよ。階段を下り切ったら川に架かるおっきな橋があってさ、その向こうにはでっけえ御門があって、石垣が連なっててよ」

「でかい門って、江戸城に繋《つな》がる牛込門のことですよね。浮世絵で見ました。牛込門の跡は今も残ってますよ。石垣の一部もまだあるし」

「跡なんぞあっても駄目なんだよ。もう御門がないなら、見たら辛くなるだけじゃねえか」

一応、気を遣ったつもりだったが、剣士の慰めなどお呼びでないようだ。

「晴れた日にゃ遠くに富士《ふじ》の山が見えてさ。そりゃあ大層な眺めだったんだぜ。なのに、なんだいここは。お屋敷なんてありゃしねぇし、富士の山なんか見えやしねぇ。川はあるけど削られて淀《よど》んじまった。しかも川っぺりに船が見当たらねぇ。馬より速《はや》ええ妙なもんが走ってやがる」

「電車のことですか。電気っていう動力源で走る乗り物です」

「でんしゃだかなんだか知らねぇけど、ずいぶん変わっちまったよ……」

さっきまではしゃいでいたかと思えば、時代の変化を嘆きだす。感情の起伏が激しすぎて付き合い切れない。

「そういえば、玄さんのお店はどこにあったんですか？」

ふと剣士が尋ねてみると、玄の表情はますます暗くなった。

「小石川の辺りだ。だけど、ぼんやりとしか覚えてねぇ。行ってみりゃ思い出すかもしれねぇけど、そこも変わっちまったんだろうなぁ」

小石川といえば、神楽坂下のすぐそばにあるJR飯田橋駅から、ひとつ隣の水道橋駅の辺りだ。翔太の実家も小石川にある。歩いて行けるけど、行ったらまた玄が愚痴り出すだろう。これ以上、面倒なことになるのは御免だ。

「剣士、俺は悲しいよ……」

「まあまあ、元気出してくださいよ」

まだ嘆いている玄の肩を叩き、朱色の山門を指差した。瓦屋根の下に提灯《ちょうちん》がいくつも並ぶ、かなりインパクトのある山門だ。

「はい、着きましたよ」

「うおぉぉぉ、毘沙門さん！」

和装小物屋で買い与えた草履をペタペタと鳴らし、玄が先に山門へと走っていく。

……今度はハイテンションかよ。やっぱ疲れる男だ。

剣士は今日何度目になるかわからないため息を吐き、玄のあとに続いた。

かつて、「付近の数ヵ所の八幡《はちまん》から〝神楽〟の音が聞こえてきたため、神楽坂という地名になった」と言われるだけに、この辺りではいたるところで神社仏閣にお目にかかる。

中でも抜群の知名度を誇るのが、江戸時代から「神楽坂の毘沙門さま」として信仰を集めたとされる『毘沙門天・善國寺』だ。文禄《ぶんろく》四年（1595年）に徳川家康により建立された寺院である。

「こりゃまたずいぶん派手になっちまったなぁ。本堂も鮮《あざ》やかな朱色だ。もっと褪《あ》せた渋い色だったんだけどな……おっと、狛虎《こまとら》さんがいるよ！」

境内に入った途端、玄は本堂の前に鎮座する石像に突進した。左右で対になった、狛犬ならぬ狛虎の像だ。

毘沙門天は、寅《とら》の年、寅の月、寅の日、寅の刻にこの世に現れたとされるため、犬ではなく虎が守護を努めているらしい。

「石は古びちまったけど、姿かたちは江戸の頃と変わらねぇよ。ありがたや、ありがたや」

狛虎に手を合わせた玄は、すぐに本堂で「毘沙門さんの像も拝みてぇ」と駄々をこねたが、「御簾《みす》がかかっているから無理」と諦めさせた。

「毘沙門天はよ、持国天、増長天、広目天と並ぶ四大天王のひとりなんだ。夜叉《やしゃ》や羅《ら》刹《せつ》を率いて北方守護を司《つかさど》る、立派な仏さんなんだぜ」

ひと通りお参りをしたあと、玄は神妙な顔でつぶやいた。

信仰に厚い人だったんだな。と剣士は感心したのだが……。

「次は神社だ。剣士、案内しておくれ」

張り切る玄は、すたすたと先を歩き出す。

……僕、あなたの世話係じゃないんですけどっ！

文句が出そうになりながらも、剣士はお供をし続けるしかなかった。

なにしろ相手は、玄に憑依されてしまった翔太なのだから。

◆

その後、剣士は玄に乞われるがままに、神楽坂の神社を訪ねて回った。

縁結び神社として知られる『東京大神宮』。源《みなもとの》頼朝《よりとも》が建立したという『神楽坂若宮八幡神社』。さらに、有名建築家の手で斬新なデザインに生まれ変わった『牛込総鎮守　赤城《あかぎ》神社』を参り、最後に神楽坂の産土神《うぶすながみ》を祀《まつ》る『筑土《つくど》八幡《はちまん》神社』を案内したところで、ようやく玄は満足したようだった。

参拝後は「ペコちゃん焼みたいなもんがもっと食いてぇ」と言い張り、テイクアウト専門店を巡らされることになった。

チーズドッグの伸びるチーズに「なんじゃこりゃぁー！」と驚愕し、ジェラートにかぶりついて「冷てぇ！　うんめぇー！」と雄叫《おたけ》びを上げ、今はタピオカミルクティーのタピオカをストローで勢いよくすすって、喉に詰まらせている最中だ。

「……げほっ、ぐほっ」

「玄さん、大丈夫ですか？」

屈《かが》みこんで咳《せ》きこむ玄の背中を、剣士はさすり続けている。

「──はあー、死ぬかと思ったぜ。もう死んでっけどな。剣士、今の食いもんは命がけなんだな」

「いや、玄さんが慣れてないだけです」

「しかし、ここらの甘味はうめぇよ。ちーずとやらも慣れたら悪くねぇぞ。もっと今の食いもんが知りてぇな。もう腹ぱんぱんだけど」

「またの機会にしましょう」

剣士は一刻も早く、奇行を繰り返す玄を家に連れ帰りたかった。

「ところでよ、さっきから気になってたんだけど、なんで口元を隠してる人が多いんだい？　お前さんは白布だけど、黒布で隠してる奴《やつ》もいる。まるで忍びの者みたいじゃねぇか」

帰りの道すがら、玄が尋ねてきた。

「ああ、マスクと呼ぶ布ですね。前に新型のウイルスが流行《はや》ったことがあって」

「ういるす？」

「要するに、人から人に伝染する疫病ですね。それで、外出するときにマスクをつけるようになったんです。今もその名残《なごり》があるんですよ」

新型ウイルスが世界中で猛威を振るって以来、すっかり定着したマスクの着用。あの頃は、〝三密〟という言葉が大きな話題となっていた。密閉、密集、密接の三要素を避けることで、感染拡大を防止するという標語だ。

感染者数が激減した今は、その新型ウイルスもインフルエンザと同様の扱いになりつつある。だが、人々の飲食店に対する意識は明らかに変化した。

菌やウイルスというものに対して、超がつくほど過敏になったのだ。

入り口には手の殺菌をするための消毒液を置くのが常識になり、換気設備も強化され、客同士が密着する席の配置を避ける店が増えた。どの店舗も、以前より清掃や消毒を入念に行っている。

三密が避けられないため、テイクアウトやデリバリー専門店に業態変化をした飲食店も少なくない。剣士と翔太が勤めていた新宿のバーも、閉店してからは宅配専門のカレー屋となっている。

幸いなことに、つきみ茶屋は常連客に支えられて、どうにかやってこられた店だった。客数が激減し、弁当の出前で凌いだ時期もあったが、ウイルス騒動が落ち着いた頃からは、以前のような賑《にぎ》やかさを取り戻していた。

——店主だった父と女将だった母が、いなくなるまでは。

剣士は頭に浮かんできた両親の顔を、急いで振り払った。

「——だから、以前とは習慣が変わったんですよ」

「なるほどなぁ。江戸でも疫病が流行ったことがあってよ、死人もたくさんでたもんさ。凶作でおまんまが食えねぇ年もあったっけな。それでも人は生きていくんだよな。知恵を絞って身体を張って、命を未来へと繋いでいくんだ。大したもんだよ」

腕を組んだ玄が、感慨深げに言った。

「あと、江戸といえば火事だ。木の建物が密集してたからよ、それこそ三年に一度は大火事にやられる場所があったんだよ。それで生まれたのが町火消《まちびけ》しだ。〝いろは四十八組〟とかな」

「いろは四十八組。ちょっと待ってください」

アイドルグループのネーミングのようだなと思いながら、その場でスマホを取り出し検索する。

「……なるほど、要するに、い組、ろ組、は組とかで分かれてた、町人の消防隊ですね。江戸の人気者だった、と」

「おうよ。め組の男衆なんて気が荒くて喧嘩っ早くてよ。なんかあると取っ組み合いが始まるんだ。それでも仕事は早《は》えぇし頼りになる。〝火事と喧嘩は江戸の花〟ってな。粋だったねぇ」

玄は瞳をきらめかせている。

「いざ火事になったら水で消してる暇なんてねぇから、片っ端から建物を壊してったんだ。だから江戸っ子は宵越しのカネは持たねぇのさ。いつ何時火事になっかわかんねぇからよ、持ち物も少なくして身軽にしておいたんだよ」

「今で言うミニマリストってやつですね。なんかわかる気がします」

剣士も、物への執着が強いほうではなかった。

大企業への就職、妻と子ども、持ち家に自家用車。少し前まで憧れとされていたものに関心が持てず、大きな目標などないまま、なんとなく生きてきた。両親を亡くした直後は、家を整理したらリュックに必要最低限の荷物を詰め込んで、しばらく長旅に出ようかとも考えていた。

そんな自分を励まし、ワインバー計画を勧めてくれたのが、目の前にいる着物姿の男だ。今は別の男に憑依されているのだが。

……そういえば、玄と翔太は二人とも情熱家だ。玄は見るからにそうだし、翔太は冷めているように見えるけど内に熱を秘めている。そこだけが共通点だな。あとは違いすぎるけど。

「剣士、なんで見つめてるんだい。俺にホの字になったのかい？」

自分こそ妙な目つきになった玄から、「なりませんよ！」と速攻で離れた。

お雪の面影を見ているのか、玄はやたらと身体を寄せてくる。

「なあ、さっきの話に戻るけどよ、本当にいつ何が起きるかわかりゃしねぇよな。疫病、火事、水害、地震に干ばつ。きっとどの時代も繰り返してきたんだろ。だから後悔しないように、本当にやりてぇことはすぐやるべきなんだろうな。俺だって、まさか毒見で死んじまうなんて思ってもいなかったんだからよ」

「本当にやりたいこと……。玄さんは料理なんですよね？」

「そうさなぁ。それ以外、取り柄なんてなかったしな。……それによ」

そこでひと息入れてから、彼は言葉に力を込めた。

「誰かに『旨い』って言ってもらえると、俺が生まれてきた意味がある気がするんだよ」

「意味？」

「旨い飯を食うのって、みんな幸せだろ？　その手伝いができるってのも、また幸せなんだろうな。だから俺は料理が好きなのさ」

玄は誇らしげに笑みを浮かべた。

旨い飯。食べる側も作る側も幸せ、……か。

じゃあ、僕が生まれてきた意味って、一体なんだろう？　何が僕にとっての幸せなんだろう……？

百七十年以上も前に生きた男の言葉が、やけに剣士の心を揺さぶった。

「……玄さんの料理、もっと食べてみたいな」

するりと言葉を発してしまった。

「お前さん、それ本当かい？」

玄がまじまじとこちらを見る。

「あー、えっと、そんな機会があれば、ですけど……」

いやいや、そんな機会があっては困るのだ。翔太に戻ってくれないと。

あわてて誤魔化そうとしたのだが、あとの祭りだった。

「よっしゃ、剣士のために腕振るったるわ！　まずは市場に連れてっておくれ。今の市場にも行ってみてぇなと思ってたんだよ」

よろこび勇む玄を無視するわけにもいかず、剣士はスーパーに寄っていく羽目になったのだった。

◆

「すげぇ、こりゃ天国だ！　とんでもねぇ量の食材だよ！」

スーパーの店内に、玄の声が響き渡った。

目を光らせ、あちらこちらで歓声をあげている。当然ながら、他の客の視線が集まってくる。

「静かにしてください」と何度言っても、興奮を静められないようだ。

しかも、魚コーナーに着くや否や、文句を言い出した。

「おいおい、あるのは切り身ばっかじゃねぇか。魚は丸ごと捌《さば》かねえと旨みが半減するぜ。しかも、鯉《こい》がねぇし泥鰌《どじょう》もねぇ。江戸の川魚《かわうお》はどこに行ったんだよ！」

ああ、こうなると思ってたんだよな……。

百七十年後の食文化の変化を、剣士はげんなりしながら解説した。

「鯉も泥鰌も、今は特別な料理屋にしかないんです。一般的なスーパー、つまり市場には置いてないんですよ」

「じゃ、鯰《なまず》は？　鯨《くじら》は？」

「鯰は滅多に食べないですね。鯨もなかなか食べられなくなってます」

なんでぃ、どういうことでぃ、とブツブツ言いながら、玄が隣のパック寿司コーナーに突進する。

「寿司は今もあるんだな。でも、なんでこんなに一貫が小せぇのさ」

「そのサイズが普通ですけど？」

「あのよ、江戸の寿司は一貫がこの四倍もあったんだぜ。みみっちいなあ。煮蛤《にはまぐり》も蝦蛄《しゃこ》もねえし、こりゃ江戸前の寿司じゃねぇよ！」

「スーパーの寿司はそんなもんです。お願いだから静かにしてください」

周囲の視線が気になる。早く買い物を済ませてしまいたい。

剣士は玄を精肉コーナーへ連れていった。

「玄さん、先に言っときます。今は鶏、牛、豚が主流なんです。今日は鴨と羊もあるけど、ほかの動物の肉はないですから」

「でもよ、こんなでっけぇ市場なんだから、鶴くらいありそうだわな」

「鶴？」

「おう。お偉い様の正月料理に欠かせないのが鶴だ。町人はご法度だったんだけどよ、俺は一度だけ鍋で食ったことがある。おつな味だよな」

知らなかった。昔は鶴を食べていたのか。でも……。

「今は絶対に食べませんよ」

「なんでだよ？」

「絶滅のおそれがあるから。野生の鶴なんてほぼいないんです」

「鶴がいない？　猟でとれたのに？」

「とりすぎたのかも。あと、自然環境が変わっちゃったから、かな」

「なんてこったぃ！」

頭を抱えた玄を、店員が怪訝《けげん》そうに見ている。

「玄さん、野菜コーナーに行きましょう」

袖を引っ張って隣へ移動すると、玄が「うぉぉぉ」と雄叫びを上げた。

「松茸があるじゃねぇか！　こりゃあ秋の初もんだ。江戸っ子は初もんに目がねぇんだよ。初もん食うと七十五日長生きできるんだぜ。こいつは縁起がいいや！」

――マジ頼むから、大人しく買い物してくれよ……。

そんな剣士の願いなど届くわけがなく、玄は奇声を発し続けた。

初めて見る食材に腰を抜かすほど驚き、江戸ではあったものがないと騒ぎまくる。

その結果、選んだのは江戸で馴染んでいたものばかり。強引に松茸まで買わされてしまったため、剣士の財布は空っぽだ。

ほとほと疲れて家に戻ると、玄は開口一番文句を垂れた。

「今の市場は狂ってやがる。もう秋なのに、春や冬の食材がわんさかあった。これじゃあ、旬がなんなのかわからなくなっちまうわな。俺は初もんと旬もんにはこだわるぜ。乾物は別だけどよ、生物は旬を食わねぇと駄目だ」

冷蔵庫に食材を入れながら、再び玄が口を開く。

「今日はたくさん買わせちまったけどな、食材は仕入れた日に使い切るのが俺の流儀だ。鮮度が落ちるし余らせたらもったいねぇ。それに、食える野草や実もそこら中に生えてるんだから、使わない手はねぇよな」

「はいはい、好きにしてください」

やっぱりこの人、めんどくさいよ……。

剣士は、早くも後悔していた。料理人としての玄にほだされて、買い物をさせてしまったことに。

「そうだ玄さん、缶ビールがあるんです。冷えてて美味しいから、飲んでみませんか？」

缶ビールのプルトップを開け、玄に手渡した。

「ひゃー冷てぇ！　なんだいこりゃ？　びーる？」

「麦を発酵させて作る発泡の酒ですよ。喉ごしがいいんです」

剣士もビール缶を持ち、「乾杯！」と玄の缶にコツンと当てる。

腰に手を当ててゴクゴクッと飲む。渇いた喉を炭酸が潤していく。

玄も釣られて同じアクションをする。

「――ぷはー、こりゃうめぇや。麦の酒か。ぐいぐい飲めるぞ」

「でしょ？　お代わりもありますよ。魔法の箱で冷やしてあります」

「お前さんってやつは、何から何まで気が利くねぇ。お雪さんみたいだよ」

「いえいえ」

ビールを飲ませたのは、わざとだった。玄を酔わせて眠らせるためだ。

これまでの情況を鑑みると、玄が寝て起きると翔太になっている。逆もしかりだ。

要するに、どちらかが寝てしまうことが、入れ替わりのスイッチになっているのだと思われる。

もう午後二時をすぎていた。早く玄を翔太に戻して、一緒に金継ぎの話をしに行きたかったのだ。

ところが――。

玄は陽気になるばかり。眠るどころか猛烈に張り切っている。

「麦の酒で調子が出てきたぞ。江戸じゃあ、酒を飲みながら仕事する料理人も多かったんだぜ」

ねじり鉢巻きを頭につけた玄は、缶ビールを飲みながら料理の準備を始めている。

……仕方がない、ひとりで金継ぎの話を聞きにいこう。

「玄さん、ちょっと出かけます。すぐ帰ってきますから」

「おうよ、料理作って待ってってから」

「誰か来ても出ないでくださいよ」

「任せとけって」

剣士は金の盃を布で包み、近所の漆器店へ出向いたのだった。

◆

「弥生《やよい》さん、こんにちは」

「あら、剣士くん。お家《うち》のほうは落ち着いた？」

髪をきっちりとまとめ上げた店主の佐川《さがわ》弥生が、レジ前の椅子で読んでいた本から目を離した。目尻のシワがやさし気な、五十代後半の女性だ。

神楽坂で古くから営んでいる漆器の専門店『漆工芸・弥方《やかた》』。

いかにも和の老舗といった洒脱《しゃだつ》な雰囲気が漂う店内には、オリジナルの漆器がゆったりとディスプレイされている。骨董器の売買も扱っており、剣士の家の骨董品も持ち込んでみようかと思っていた。

「その節はお世話になりました」

「とんでもない。お父さんたちとは長い付き合いだったから。困ったことがあったらなんでも相談してね」

「ありがとうございます」

剣士の両親が亡くなった時、近所の老舗の人々が何かと世話を焼いてくれた。弥生もその中のひとりだ。

「早速なんですけど、見てほしいものがあるんです」

持参した金の盃と欠けた破片を取り出す。

「まあ、見事な盃。かなりの年代物ね」

「江戸時代からずっと家にあったものみたいで。昨日、うっかり落として欠けちゃったんです。金継ぎで直せますか？」

「わたしに直せない器なんてないわよ」

弥生は、ベテランの金継ぎ師でもあった。つきみ茶屋にも彼女に修復してもらった器がいくつもある。

強力な硬化作用を持つ漆で修復し、金粉で装飾する伝統技法・金継ぎ。この店では弥生自らが金継ぎをした器も展示され、販売もしていた。

店内の一角にある棚には、漆器はもちろん、陶器、磁器、ガラス器にいたるまで、金継ぎによって生まれ変わった作品がずらりと並んでいる。主に年代物の骨董品だ。

茶碗の欠けた縁が、金色の丸い果物のような景色（金継ぎの跡）になっていたり、大皿の一面に雷に見立てた筋がいくつも入っていたり、三日月のような景色があったりと、どれもユニークで芸術的な仕上がりだった。

「……なんかこれ、人を吸い込むような力がある盃だわね」

金の盃を鑑定していた弥生がしみじみと言った。さすがの審美眼である。

そうなんです！　江戸時代の料理人の魂を吸い込んだんです！　などと言うわけにはいかないのだが。

「瀬戸物に純金を施してあるのね。欠けた部分を金じゃなくて純銀にしたら、面白い景色になるんじゃないかしら。そこに文様を入れたりとかして」

「銀、ですか」

「うん。金継ぎって金だけじゃなくてほかの金属粉も使うのよ。銀、プラチナ、銅とか。器によっては漆だけで継ぐこともあるしね。元に戻すというより、器の形や色に合わせて新たにデザインする感覚。金継ぎしたことで価値が上がる器もあるくらい、芸術的な技法なの。わたし、欠損部分を見てるだけで、どんな風に生まれ変わるのかワクワクしちゃうのよ」

弥生はいかにも楽しそうだ。

「壊れた部分を傷として扱うのではなく、大事に使ったからこその証《あかし》として、末永く愛《め》でるのよ。金継ぎの跡を景色って呼ぶのも面白いでしょ」

「確かに。風流な呼び方ですよね」

「千利休《せんのりきゅう》が編み出して、織田信長《おだのぶなが》が夢中になった〝茶の湯〟の頃から、金継ぎは発展したとされているの。あの頃の茶器は、大名にとっての褒賞だったのよね。使い捨てにするんじゃなくて、直してまた大切に使う。傷を景色ととらえて尊ぶ。禅の精神に基づいた、日本ならではの美意識なのよね」

なるほど、と剣士は深く頷《うなず》いた。

家業を継ぐつもりがなかったため、和の器にはさほど関心がなかったのだが、金継ぎには俄然《がぜん》興味が湧いてきた。時間があるなら学んでみたいくらいである。

「ただね、弥生さん。この盃は金粉を使って、なるべく元通りに直したいんです。欠けた部分がわからなくなるくらいに」

玄が取りついたときと同じ状態で酒を飲みたい。それが翔太の考えだ。

「だったら、わたしが金継ぎしなくても……」

「お願いします。どうしても直したい事情があるんです。大ベテランの弥生さんに頼みたいんです」

素人が簡単にできる技術ではない。それに、この人は器を愛している金継ぎのプロだ。きっと丹精込めて修復してくれる。別の誰かが半端に直したのでは、玄の封印などできない気がしていた。

「……わかった。でも漆や金粉を乾かすのに時間が必要なの。普通なら二週間くらいかかるわよ。それでもいい？」

二週間。そのあいだは玄の出現を止められないのか。やっかいだな……。

一瞬だけ迷ったが、「できるだけ早くお願いできたら助かります」と両手を合わせて懇願した。

「何か事情があるようね。じゃあ、預からせてもらう。少しいじれば、どのくらいで仕上がるかわかると思う。早くできるように努力するわね」

よろしくお願いします、と頭を下げて、剣士は自宅へ戻った。

◆

——なんだこれはっ！

帰宅した剣士は、驚愕のあまり絶句した。

玄が見知らぬ女性と店のカウンターに並び、陽気に酒を飲んでいたのだ。

「おう、剣士。仏蘭西《ふらんす》の酒を開けちまったぜ。江戸じゃなかなか手に入る代物じゃねえからな。とんでもなくうめぇよ」

よく見るとその酒は、翔太が後生大事に取っておいた最高級シャンパン。客からプレゼントされた、ドン・ペリニヨンの中でもプラチナと呼ばれる、五十年もののビンテージ・シャンパンなのである。

うわー、翔太に怒られる！

ああもう、誰か来ても出るなって言っておいたのに……。

「このシャンパン、五十万は下らないはずだよね。あたしのために開けてくれてうれしい。翔ちゃん、ありがと」

「翔ちゃんじゃねぇよ。玄だって言ってるじゃねぇか」

「コスプレに目覚めちゃったのね。口調までそれ風になっちゃって。わかった、今日は玄さんって呼ぶから」

玄にしなだれかかっているのは、ショートヘアを金に染めた派手な女性。年の頃は三十すぎくらいの、妙に色気のある人だ。

「……あの、どちらさまでしょうか？」

女性に問いかけると、「あたし、蝶子《ちょうこ》。藤原《ふじわら》蝶子。よろしくね」とラフに答える。組みかえたスリムパンツの足が、すらりと長い。

「翔ちゃんのファンなの。ここに引っ越したって聞いたから、来てみちゃった」

髪をかき上げ、紅《あか》い口元から舌を覗かせる。

「蝶子は別嬪さんだねぇ。黄金色の毛だから、初めは黒船の異人さんかと思ったけどよ。話してみたられっきとした大和撫子《やまとなでしこ》だ」

「やだもう、初めて会った人みたい。いつものクールな翔ちゃんと違って、豪快な和装の玄さんも素敵だよ」

「俺も蝶子が気に入ったぜ！」

なんだかよくわからないが、二人は意気投合しているようだ。

ヤバい、ヤバいぞ。まさか翔太の知り合いが来てしまうとは。

一体、どうしたらいいんだっ！

剣士はパニック寸前になっていた。

――いや落ち着け。翔太に江戸の料理人が憑依したなんて、絶対にバレちゃ駄目だ。コスプレだと思われているうちに、この女性を追い返さないと。

あれ？　この蝶子って人の顔、なんか見覚えがあるぞ……。

「蝶子さん。僕、どこかでお会いした気がするんですけど」

おずおずと尋ねると、蝶子は妖艶に笑った。

「夜は芸者コンパニオンのバイトしてるの。カツラと着物で見違えるわよ」

「ああ、新宿のバーでお見かけしたことがあります」

いつも芸者姿で来店していた、翔太の顧客だ。挨拶程度で会話を交わしたことはなかったし、今日は普段着なのでまったく気づかなかった。

「やっと思い出してくれた？　剣士くん、だったわよね」

「はい。バーではお世話になりました」

「おいおい、蝶子は芸者なのかい？　早く言っておくれよ。頼むから、次は芸者で来ておくれ。着物姿が見たいんだよ」

お雪を思い出したのか、玄が興奮し始めた。

「もー、いつも見てたじゃない。今日の翔ちゃん、じゃなくて玄さん、面白いけど性格変わりすぎ。どうかしちゃったの？」

さすがに不信感を抱いたらしき蝶子に、剣士はあわててフォローを入れた。

「翔太、朝から飲んじゃってて。最近、疲れてるせいか、酒が入ると人が変わっちゃうんです。でも、醒《さ》めたら元に戻りますから」

「憑《つ》かれてるから人が変わっちまった。そりゃそうだわな」

ニヤリとした玄がグラスのシャンパンを飲み干す。その繊細なグラスも、翔太が大事にしていたバカラの高級品だ。

「そうだ、蝶子のために肴を作ったんだった。うっかり出すの忘れちまった」

厨房に入ってすぐに戻ってきた玄は、緑色のものが盛られたガラスの器を手にしていた。

「ほら、〝はじき葡萄〟だ」

皮なしのマスカットが数粒、大根おろしで和《あ》えてあった。軽く醤油がかかっている。

「はじき葡萄？　大根おろしと生の葡萄？」

剣士は驚きを隠せずにいた。こんな組み合わせの料理、見たことがない。

「おぅよ。市場で白葡萄を買ったから、作ってみたんだ」

「〝はじき〟って何ですか？」

「葡萄の皮をはじいて作るから、はじきなんじゃねぇかな。よくわからんけど、江戸ではわりとよく食べる料理だ。本当は種もはじくんだけどよ、この白葡萄には種がなかった。不思議だなぁ、種がない果実があるなんてな」

一体どんな味なんだろう？　と興味が湧く。

「まぁ、食ってみろや。この酒にも合うぞ」

玄は剣士と蝶子に小皿と箸を渡そうとしたのだが……。

「ちょっと、どういうこと？」

蝶子が尖った声を出した。眉間にシワが寄っている。

「あたしが生の葡萄キライなこと、翔ちゃん知ってるよね？」

「え……？」

剣士は硬直した。玄も同様だ。

「前に言ったじゃない。実家が葡萄畑で、生の葡萄見ると田舎を思い出すから嫌だって。うちの毒親のこと話したら、自分も実家が苦手だからわかるって言ってくれたのに。翔ちゃん、忘れちゃったの？」

「蝶子さん！」と思わず叫んでしまった。

「翔太、記憶が飛んじゃうことがあるんです。マジで。酒飲むと本当にヤバいんですよ。勘弁してやってください！」

必死だった。なぜなら、蝶子は翔太のファンたちと繋がっているからだ。ファンはワインバーになっても来てくれるはずなので、翔太の悪評が広まるのだけは絶対に避けておきたい。

「ほら、翔太も謝れよ」

玄の頭を押さえると、「悪かったな」と神妙に謝った。しかし、すぐに頭を起こし、「でもよ」と言い出す。

「でも、じゃないよ。いつもの翔太なら言い訳なんてしないはずだろ。マジ頼むよ、翔太」

わざと翔太を連呼し、玄に目くばせを送る。これ以上、蝶子に不快な想いをさせるわけにはいかないのだ。

「言い訳じゃねぇよ。蝶子は生の葡萄の粒が嫌いだったんだな。葡萄酒は大丈夫なのに」

「そうだよ。液体はいいけど固体を見るのが嫌なの。畑でなってるの思い出すから」

「そりゃ、田舎でよっぽど辛い想いをしたんだろうなぁ。見るだけで嫌になるなんて、死ぬほど辛かったはずだもんな」

穏やかに誠実に、玄が言う。

そういえば、この人も毒見のせいで、盃を見るのが嫌になるほど怖がっている。だから蝶子の気持ちが理解できるのだろう。玄の心からの言葉だということが、剣士にも伝わってくる。

「……うん。ずっと辛かった。街が狭いからすぐ噂《うわさ》になるの。少しでも目立つと陰口を言われる。息苦しくて堅苦しくて、早く家を出たかった」

まるで幼い少女のように、蝶子が甘え声で答える。

「親元を離れてずっと頑張ってるんだな。大したもんだ。蝶子は偉いよ」

玄は蝶子の頭にポンと手を置いた。

「俺は蝶子の味方だよ。だけど、何もしてやれなくてすまんなぁ。一番辛かったときに、守ってやれなくて本当にすまん」

「翔ちゃん……」

蝶子は潤んだ目で玄を見つめ、彼の手を握る。

「ありがとう。やっぱり翔ちゃんはやさしいね。コスプレイヤーになり切ってても、そこだけは同じ。せっかくおつまみ作ってくれたのに、怒っちゃってごめんね」

「いいさ。勝手なことした俺が悪いんだから」

……おいおい、なんなんだよコレ。いい感じにまとまっちゃってるじゃないか。あいだに入った僕がバカみたいだ。

剣士はこの場から立ち去りたくなってきた。

「あたし、葡萄のおつまみ食べてみる」

「いや、無理しないでいいから。なんか違うもん作るわ」

「大丈夫。大根おろしでくるんじゃえば、葡萄だってわかんなくなるから。ここで食べないと、もっと田舎が嫌になるような気がしてきた」

「ならば承知した。俺がくるんでやるよ」

玄は箸を取り、マスカットを大根おろしでくるんでから、蝶子の口元に運んだ。

「やだ、食べさせてくれるの？　今日の翔ちゃん、めっちゃやさしい」

――もう、見ていられない。むず痒《がゆ》い。これは本当に玄なのか？

女性の扱い方がうまい。翔太にも引けを取らない気がする。もしかしたら江戸時代の玄は、女性にとことんやさしいモテ男だったのではないだろうか。本人が無自覚の天然系モテ男だった可能性がある。

「あーん」と、蝶子が玄の手から料理を口に入れてもらう。

「――あら、なにこれ……美味しい」

彼女は意外そうに目を見開いた。

「大根おろしの辛み、葡萄の爽やかな甘み、薄口醬油のソフトな塩味。そこに柑橘《かんきつ》系の酸味が加わって、面白い一体感が生まれてる。あたしの知ってるマスカットの味と全然違う。この酸味はなに？」

「すだちさ。蝶子は味覚も優れてるんだねぇ。酒も飲んでみなよ」

グラスのシャンパンを飲んだ蝶子は、「いい。甘みも香りも増す」と、うっとりした表情で言った。

「だろ。この酒に絶対に合うと思ったんだよ」

最高級のドンペリに合うつまみを玄が作った？　マジか！

剣士は驚き慄《おのの》いていた。

「剣士も試してごらんよ」

玄に勧められ、〝はじき葡萄〟なる料理を味わう。

——確かに、不思議な美味しさだ。大根おろしのシャキシャキ感と、柔らかなマスカットの食感とのコンビネーションも面白い。ともすれば淡白になりそうだが、すだちの酸味がいいアクセントになっている。

翔太には本当に申し訳ないと思いつつ、ドンペリのプラチナも少し飲ませてもらった。

——マスカットとシャンパンの爽やかさが相乗効果をもたらし、喉を爽快に駆け下りていく。さすがは高級ビンテージ・シャンパン。ふくよかな残り香が鼻からすっと抜け、脳内が幸福感で満たされる。

「確かに、この組み合わせはアリですね。ウマいです」

「剣士に言われると自信が湧くわ。よっしゃ、三人で飲んじまおう」

「そうだね。ドンペリのお代わりちょうだい。剣士くんも一緒に飲もう」

翔太の大事な顧客である蝶子の誘いを、断るわけにはいかない。

ごめん翔太。お前の大事なドンペリ、流れで飲むことになっちゃったけど、この埋め合わせは絶対にする。許してくれ！

心の中で叫びながら、剣士もひとときの快楽を味わったのだった。

「あー、酔っちまった。蝶子が来てくれたから、俺は極楽気分だよ……」

カウンターに座った玄の身体がふいに斜めになり、蝶子の肩にもたれかかる。その玄を蝶子が抱き寄せた。

「今日はマジでサービスがいいのねえ。バーにいた頃とは大違い。やっとあたしになびいてくれたのかな。……あれ？　翔ちゃん？」

しまった、玄が寝ている！　目覚めたら翔太に戻るかもしれない。

こ、これは大変だ！

「蝶子さん！」

「なに？」

「えっと……これから荷物の片づけがあるんです。申し訳ないんですけど、またにしてもらってもいいですか？」

玄を蝶子から引き離しながら、なるべく丁重にお願いした。

「えー、もう少し飲みたいなあ。翔ちゃん、もっと江戸料理作るって言ってたし。ねーねー翔ちゃん、起きてよー」

かなり酔っている様子の蝶子は、再び玄を抱き寄せている。

「あの、本当にまた機会を作りますから……」

「やだ。こんなカワイイ翔ちゃん、初めてなんだからね」

蝶子は玄を放そうとしない。

マジかよ、もう勘弁してくれよ……。

「……うー、また頭痛がする」

いきなり目覚めた玄の、白かった前髪が栗色の毛になっていた。

ヤバい！　翔太に戻ってしまった！

「ああああ――――っ」

どうしたらいいかわからず、翔太の前髪を押さえて叫び声をあげてしまった剣士だが、だからといってこの場が収まるわけがない。

「蝶子、なにしてんだよ！」

翔太は蝶子と剣士の手を振り払い、勢いよく立ち上がった。

「なにしてんだよって、どういうこと？」

蝶子もすっくと立ち上がる。

「あたしにしなだれかかってきたの、翔ちゃんじゃない！　なんなの急に。さっきまであんなにやさしかったのにさ。今日の翔ちゃん、なんか変だよ。髪の毛も変だし。

さっきまで前髪にメッシュ入ってたよね？」

「あれは白いスプレーだったんです！　僕が触ったから落ちちゃった」

剣士が割り込む。どうにか翔太の異変を誤魔化したい。

「あ……オレ、着物なのか」

自らの着物姿で事情を察した翔太は、いつもの冷静な態度で蝶子と向き合った。

「悪かった。どうやら飲みすぎたようだ。最近、体質が変わったようなんだ。酒がすぎると記憶が飛ぶ。ホントすまん」

額を押さえながら、蝶子に謝っている。

「それ、ちょっとヤバいかも。頭痛いの？　頭痛薬あるけど飲む？」

「大丈夫だ。ちょっとだけ休みたい」

翔太はふらつく足でカウンター席に座る。

剣士もその横に立って蝶子に手を合わせた。

「蝶子さん、本当に申し訳ないです。翔太の料理、また食べに来てください。そうだ、近々試食会をやるんだったよね？」

「ああ。早めにやりたい。蝶子、招待するから来てくれよ」

しばらくむくれていた蝶子だったが、「わかったよ」と折れてくれた。

「それはいいけど、翔ちゃん、病院で診てもらったほうがいいよ。記憶が飛ぶのって急性アルコール中毒の症状かも。最近はいい薬があるみたいだからさ」

「そうだな。蝶子、今日は来てくれてありがとう。蝶子にはいつも感謝してるよ」

甘くささやくように翔太が言うと、蝶子はややうれしそうに「いつものスマートな翔ちゃんに戻ったね」と微笑んだ。

「じゃあ、試食会が決まったら教えてね。次の江戸料理、楽しみにしてる。お大事にね」

ヒール音を鳴らし、蝶子が店から出ていった。

戸が閉まった瞬間、翔太が怒声を発した。

「おい、江戸料理ってなんだよ！　うわ、オレのドンペリ・プラチナが空だ！　特別な日のために取って置いた一本なのに。お前とふたりで飲もうって。しかも、バカラのグラスで飲んだのかよ！」

滅多に激高しない翔太の拳が震えている。

「ごめん。さっき金継ぎの段取りをしにいったんだ。そのあいだに蝶子さんが来たみたいで、僕が帰ったときはふたりともベロベロで……」

「グラスが三つある。まさか、剣士も一緒に飲んだんじゃないだろうな？」

静かな声だが、明らかに怒りを含んでいる。

剣士はどう答えたらいいのか、躊躇してしまった。

「黙ってるってことは、そうなんだな」

「ごめん……」

「まさか剣士に裏切られるとは……。残念だ」

目を伏せた翔太に、あわてて駆け寄った。

「ちっ違うんだ！　頼むから説明させてくれ！」

それから剣士は、玄が街に出てはしゃいだことと、スーパーで買い物をしたこと、そして、翔太の顧客である蝶子の機嫌を損ねそうになったので、飲みに付き合わざるを得なかった経緯を報告。玄がマスカットでシンプルな料理を作ったことも、一応話しておいた。

「——僕が玄さんを制御できなかったんだ。本当にごめん。ドンペリはちゃんと弁償するよ」

平謝りする剣士に、翔太は「もういいよ」と言い、肩に手をかけた。

「お前が悪いんじゃない。悪いのは玄だ。それに、蝶子が押し掛けてきたのはオレのせいだしな。こっちこそすまなかった」

温和な翔太に戻っている。剣士はホッと胸を撫で下ろした。

「ドンペリの件は諦めるが、一刻も早く玄をなんとかしないと。盃の金継ぎはいつ頃終わるんだ？」

「それが、普通は二週間くらいかかるらしいんだ。でも、大ベテランの金継ぎ師に頼んだから、完璧に直してくれると思う。なるべく急いでくれるって言ってたから、もっと早く仕上がるかもしれない」

「そのあいだは玄と折り合いをつけていく必要があるのか。参ったな……」

翔太は腕組みをして思案している。

「今日みたいな勝手なこと、二度とさせない。もっと注意するよ。それに、旬の食材で存分に料理が作れたら、それをウマいって誰かに食べてもらえたら、あの人は幸せなんだ。思い残しを解消してやれたら、盃が修復される前に成仏してくれるかもしれない」

「剣士」

真剣な表情で翔太がこちらを見る。

「お前まさか、玄ってヤツに好意を抱いたのか？　同情したんじゃないだろうな？」

「そんなわけないだろ。大迷惑だ。早く元の翔太に戻ってほしいだけだよ」

とは言いつつも、同情心を覚えたのは確かだった。

翔太は剣士から目を逸《そ》らし、吐息を漏らした。

「剣士は昔から情け深い性格だったからな。オレがチビでノロマな頃からだ」

その瞬間、剣士は出会った頃の翔太を思い返した。

小柄で細くて弱々しく、無口でマイペースな少年。でも、顔はとても愛らしかった。


二人は小学三年生の夏、ボーイスカウトの野外活動で知り合った。

それぞれ別の小学校に通っていたのだが、昆虫好きという共通の趣味があったので、なんとなく一緒にいるようになったのだ。

「何度か話したことだけどな。あの頃、オレは学校という閉鎖空間にいた子どもたちの中で、憂さ晴らしのスケープゴートにされていた。チビだったからだけじゃない。母親が若い従業員と駆け落ちをしたせいだ」

苦々しく翔太が言う。

老舗料亭の長男として生まれた翔太。女将だった母親が不倫の末に家を出たことは、早速ママ友同士の噂になり、やがて学校中に広まったらしい。子どもは純粋な故に残酷だ。些細《ささい》なことからイジメが始まる。翔太は外的要因から生贄《いけにえ》になった子どもだった。

そんな翔太には年の離れた姉がいた。当時高校生だった姉が、しばらくは母親の代わりに翔太の世話をしていたという。

「親父が悪いんだ。高圧的で酒癖が悪かった。外で愛想のいい店主を演じていた分、身内に対しては醜悪な素顔を晒《さら》していたんだ。大人しい母親を奴隷のように扱っていたからな。母親も耐えられなかったんだろう。親父の再婚相手も最悪だった。意地悪な継母《ままはは》ってやつだ。オレの小学校時代は黒歴史だったんだよ。テンプレすぎて笑えるけど、学校に行くのがマジで苦痛だった。誰もがオレをいないも同然に扱う。たまに話しかけられたかと思ったら、強烈な嫌味か冷やかしだ。――でも、剣士だけは違った。唯一、仲間だと思える存在だったんだ」

幼少期は親とも良好な関係で、イジメとはほぼ縁のなかった剣士は、翔太が身にまとう孤独の影が気になっていた。付き合っているうちに、本来は利発で明るい性格だとわかり、どんどん打ち解けていったのだが……。

ある日、いつものように昆虫観察をしようと待ち合わせ場所に行った剣士は、先に来ていた翔太が何かを手に肩を震わせているのを目撃した。

その何かは、赤文字で〝バカ、死ね、クズ〟などと書かれた教科書だった。

振り向いた翔太は教科書をランドセルに仕舞い、何事もなかったかのように「遅かったな」と微笑んだのだが、頬には涙を拭った跡が残されていた。

——胸が、酷く痛んだ。

以来、翔太だけは絶対に裏切るまいと心に決めていた。

中高も大学も別だったが、隣町に住んでいたため、付き合いはずっと続いていた。

今でも掛け替えのない親友だ。


「——なんて、くだらない昔話だよな。すまん、玄に取りつかれてから、どうも調子がおかしい」

「そりゃそうだよ。ずっと非常事態が続いてるんだから。……でもさ、翔太は中学になってから急に背が伸びたんだよね。んで、それからめっちゃモテ始めた。今日だってファンが来てたしね。翔太はもう、チビのノロマなんかじゃない。同性から見てもカッコいいと思われる男になったんだから、ちゃんと自覚してほしいな」

話題を変えようと、あえて明るく言った。

「カッコ良くなんかない。そう見えるように取り繕って仮面を被っていたら、それが脱げなくなっただけだ。だけど、剣士にだけは素顔を見せられる。お前がいてくれてよかったよ」

うっすらと笑う翔太が、やけに儚《はかな》げに見える。

もしや、このまま玄に身体を乗っ取られてしまうのではないか……？

ふいに湧いてきた絶望感を悟られないように、剣士は自らのテンションをさらに高めることにした。

「なんか腹がへってきた。翔太の料理が食べたいなあ。身体の具合はどう？」

「もう大丈夫だ。じゃあ、何か作ろうか」

「うん。玄さんが用意した食材を使ってほしいんだ。かなりの量を買い込んじゃったから。翔太が持ち込んだ食材もあるし、僕も手伝うからさ」

「わかった。店でも提供できそうなメニューにしよう。調理器具を出してくるから、ちょっと待っててくれ」

それからふたりは、やっかいな玄のことを考えないように、夕食の準備に没頭したのだった。

◆

およそ二時間後。翔太の料理が完成した。

二階の居間にあるちゃぶ台風テーブルよりも、カウンターに並べたほうが遥かに映える料理だ。

「すげー。美味しそうだし見た目もキレイ。本格的な料理だ」

「お前が手伝ってくれたからな」

腰の黒いエプロンを外した翔太が、カウンター席に座りながら言った。もちろん着物姿ではない。シャツにジーンズの普段着だ。

刃物が使えない剣士は洗い物くらいしか手伝えなかったが、料理に合いそうなワインをセレクトしておいた。

「前菜は〝カボチャのポタージュ・カプチーノ仕立て〟。それから、〝松茸のクリーム煮・パイ包み焼き〟と〝鯖《さば》とウイキョウのパスタ・シチリア風〟。メインは〝鴨のグリル・マスカットソース〟だ」

「秋らしさもあるし、どれもすぐ店で出せそうだな。翔太、さすがだよ」

どの料理も、翔太が持ち込んだエレガントな西洋皿に美しく盛りつけられている。

高級フレンチかイタリアンかと見まがうばかりの品々だ。

「献立に合わせてアペリティフを選んでみた。チリ産のスパークリングだ」

剣士は二つの細いシャンパングラスに、淡い黄金色のスパークリングを注いだ。

「じゃあ、乾杯だな。剣士とオレの未来に」

カウンターの席に並び、グラスを重ね合わせる。

軽やかに泡が立ち上るスパークリングワインが、清涼感と共に喉を通過していく。

「いいな。甘口で飲み心地がすごくいい」

「でしょ。チリ産は安くてウマいワインが多いんだよ。店でも出したいんだ」

「うん。コスパ的にもいいと思う」

「料理もマジでいい感じだよ。まずはポタージュだ。いただきます」

高級感のあるカップに入った濃厚なカボチャのポタージュが、ほんわりと湯気を立てている。カプチーノのように泡立てた牛乳と、緑色のカボチャの種が表面に浮かび、視覚をよろこばせる。

ひと口飲むと、ふわりとした滑らかな口当たり。ピュレにしてブイヨンで割ったカボチャの甘みと、生クリームとバターのコクがブワッと押し寄せる。

「うまい！　いきなりレベル高いなあ」

「そう言ってもらえるとうれしいよ」

翔太がゆったりとスパークリングワインを飲む。

「カボチャは皮をしっかり剥かないと、色も口当たりも悪くなる。長く煮ると苦みが出るから、加減に注意するんだ。あと、コーンスターチで少しだけトロミを出す。そこがポイントかな」

「なるほどねー。少しの工夫で味が変わるんだな」

一気にポタージュを平らげ、次の料理に手を伸ばす。

キツネ色のパイ生地がオレンジ色のココット皿一面を覆う、パイ包み焼き。スプーンで真ん中を崩すと、中から湯気と共に松茸の香りが溢《あふ》れてくる。

「うわー、いい香り」

クリームで柔らかく煮込んだ松茸を、パイ生地と共に咀嚼《そしやく》する。生地のサクサク感とクリーミーな松茸の肉厚さがたまらない。

「――最高。日本とフランスの秋が合体した感じかな。松茸ってクリーム煮にしても香りがしっかりしてるんだね」

「ああ。だが、店で出すにはコスパが悪い。今日は玄が買ったから松茸にしたけど、舞茸《まいたけ》やシメジでも十分美味しくできるぞ」

「〝秋キノコのクリーム煮・パイ包み焼き〟か。それも店で出したら女子にウケそう。ビジュアルのインパクトも大事だもんな」

「その通りだ。剣士、パスタも食べてみてくれ」

「ああ。これもめちゃくちゃウマそう」

その〝鯖とウイキョウのパスタ〟が、また素晴らしかった。

ウイキョウとはフェンネルとも呼ばれる、セロリのような繊維質の香草。細かく刻んだウイキョウのほのかな苦みとクセのある香りが、共に煮込んだ鯖の臭みを完璧に消している。ブカティーニと呼ばれるもちもちとしたパスタとの相性も抜群で、松の実のアクセントも利いている。仕上げにかけたオリーブオイルとパン粉が、パスタの美味しさをさらに強調していた。

「すごく食べ応えがある、エキゾチックな味だ。クセになりそうだね」

「シチリアの名物パスタだ。サフランの隠し味が決め手だな。チーズの代わりにローストしたパン粉をかけるのが特徴なんだ。本当は鰯《いわし》を使うんだけど、玄が選んだ鯖で作ってみた。イケるだろ？」

「イケる。すごくウマい。この赤ワインとも合うよね。カリフォルニアの軽い赤を用意したんだけど、正解かも」

「ああ。剣士はセレクトのセンスがいい。安くてうまいワインをよく知ってるよな」

「高級志向はまったくないからね」

リーズナブルにワインと料理を味わってもらうカジュアルな空間が、剣士たちの理想とする店だった。

「メインの鴨は、マスカットの爽やかさがいいよね。これ、ワインは赤でも白でもイケそう」

香ばしくグリルした鴨肉のスライスに、粒を残したままのマスカットソース。鴨のピンクとマスカットの薄緑が、見目麗しいコントラストを描いている。

「鴨はフルーツとの相性が最高だからな。今回はフォンドボーとマスカットを煮詰めたソースにしてみたんだ。悪くないだろ」

「悪くないどころかマジでうまいよ」

玄がつくった〝はじき葡萄〟よりも、と付け足そうとしたが止めておいた。たとえそれが褒め言葉であろうとも、誰かとの比較を翔太は好ましくは思わないだろう。

脂ののった鴨のグリルと、ほのかに甘いマスカットソースを味わいながら、剣士はふと考えた。

南瓜《かぼちゃ》、松茸、鯖、鴨肉、マスカット、そのほか野菜やら何やら、いろいろと選んでいた玄。その一部を使って翔太が組み立てたのが、いま味わっている四品だ。

「玄さん、鯖とか鴨で何を作るつもりだったんだろ？　翔太はどう思う？」

浮かんだ疑問を口にしてみた。

「江戸の料理だろ。どうせ素材を焼くか煮るくらいじゃないか。一応、食材の半分は残してある。またヤツにチェンジしたら、それで作らせればいい」

「玄さんのためにわざと残したんだ」

「仕方がない。玄がチョイスしたんだからな。作らせないと未練になって、この世に執着しそうじゃないか」

「確かに。心残りは解消させないとね。ガチでめんどくさいけど」

それから剣士たちは、ワインバーの構想を話し合った。

店内とテイクアウトやデリバリーの大まかなメニュー、値段設定、店のレイアウト――。店舗の改装や備品に関しては、剣士たちの知り合いの飲食コンサルタントに手配を頼む予定だ。SNSでの宣伝は、すでに多くのフォロワーを持つ翔太が受け持つことになっている。

可能なら、二ヵ月以内にワインバー『ハーヴェスト・ムーン』をオープンさせる。

それがふたりの目標だった。しかし……。

「玄を成仏させるのか盃に封印するのか、どっちでもいいから早くなんとかしたい。残念だが、それまでは改装に着手できなくなってしまったな。ヤツに取りつかれたままだと危険すぎる」

改めて翔太に言われ、剣士も大きく頷く。

「金の盃が修復されるまでの辛抱だ。その前に成仏してくれたらいいんだけど……」

剣士は信じていた。修復した金の盃で翔太が酒を飲めば、玄は再び封印されるのだと。実際は、やってみなければわからないのだが、それを疑い始めたら何もできなくなる。

「とにかく、玄がやりたいと思ったことは、可能な限りやらせるしかないな。それを盾に我儘しそうなのが問題だが、今は仕方がない。剣士、次からはよく見張っててくれ」

「わかった。でもさ、玄さんは料理人だからまだいいけど、これが将軍とかだったらもっと大変なことになってたかもよ」

「ああ、鷹狩《たかがり》がしたいとか茶を点《た》てたい、とか言われても困るよな。能が舞いたい、とかさ」

「スゲーめんどくさそう。翔太、取りついたのが料理人でよかったな」

「だな。……って、いいわけがないだろう」

「ごめん、ジョーダンだって」

などと話しているうちに、すっかりお腹《なか》が満ちてしまった。

残った料理を冷蔵庫に仕舞いながら、剣士は満足の声をあげる。

「あー、本当に美味しかった。翔太、ごちそうさま」

「『美味しい』か。その言葉は、まさに幸せの呪文だな。言われたこっちも幸せになれる」

口元を緩めた翔太の表情は、当たり前だが玄とまったく同じだった。

(旨い飯を食うのって、みんな幸せだろ？　その手伝いができるってのも、また幸せなんだろうな)

昼間の玄の言葉を思い出す。

やはり、翔太と玄は少しだけ似ている。

それは、料理を作ることに対する情熱だ。

明日になったら、また玄が現れるのか。今度は何をやらかしてくれるのかな……。

あれ？　あんな迷惑な人なのに、不快感が湧かないぞ。むしろ楽しみになっている？　いやいや、それは僕が酔ってるからだ。実際に顔を合わせたら、またうんざりするに決まってる。

剣士は、突如湧いてきた玄への好意を、直ちに消去したのだった。

◆

その日の深夜。寝床にいた剣士は、ぼんやりと翔太の声を聞いていた。

剣士。剣士。剣士——。

何度も自分を呼んでいる。

一体どうしたんだろう？　隣の部屋で休んでいるはずなのに。

寝ぼけた頭で考えようとしたら、いきなり眩しさで目が覚めた。電気が点ったのだ。

「剣士」

すぐ目の前に、翔太の端正な顔があった。

「うわっ！」

あわてて上半身を起こす。

「どうした！　なんかあったのか？」

「起こしちまってすまんな」

前髪の一部が白い。パジャマ姿だが、翔太ではなく玄だ。

「もー玄さん、勘弁してくださいよ……」

スマホで時間を確認した。午前一時をすぎている。

「なんなんですか、こんな夜中に」

「気づいたら布団の中でよ。目がぱっちりしちまって、どうしても寝つけねぇ。蝶子が来て葡萄酒飲んでから、うっかり寝ちまったようだ。こんな半端な時間から起きるのもどうかと思うだろ。強い酒でもクイッとやって、また寝てぇんだよ。だから、なんか出してくれないかい？」

厚かましいにもほどがある！　と思ったが、グッと飲み込んだ。玄の言うことを無下にはできない。すっきりと成仏してもらうためだ。

「下にブランデーがあります」

「ぶらんで？」

「葡萄酒よりもアルコール度数がずっと高い酒。ちょっと来てください」

一階に玄を連れていき、貰《もら》いもののブランデーをグラスに注いで手渡した。

「おお、鼻にガツンとくる。こりゃ発酵した葡萄と樽《たる》の香りだ。どれどれ」

カウンターでひと口すすって「うめぇ」とつぶやき、玄は一気にブランデーを飲んでしまった。

「これ、もっとゆっくり飲む酒なんですけど」

あきれた剣士に、玄はお代わりを求めてきた。

仕方なくもう少しだけ注ぐ。また玄がグビッと飲む。

「カーッとくるねぇ。いい感じに身体があったまってきたぞ。酒の肴があると、もっとぐっと眠くなりそうだ。剣士、なんかないのかい？　簡単な肴でいいからよ」

玄はいたずらっ子のような笑みを浮かべている。

「……玄さん」

「あ？」

「思い残しが消えれば成仏するって、本当なんですか？」

「そりゃそうさ。古今東西、そんな話はいくらでもあるだろ？」

……ケロッとした玄を見て、強い疑念が湧いた。

もしかしてこれ、〝成仏するする詐欺〟じゃないか？　そう言っておけば、自分の言う通りに僕を動かせるのだから。

「いいよいいよ。ぶらんでだけで十分だよ」

こちらの疑いに気づいたのか、玄は我儘を引っ込めた。拗《す》ねたような態度がやけに子どもっぽい。翔太と同じ身体なのに、まったく表情が違う。

「なあ、今日のはじき葡萄、旨かっただろ？　蝶子もよろこんでくれたしな。俺の料理、今でも通用しそうだよなぁ。このまま翔太と入れ替わってても、やってけそうじゃねぇか」

　ホロ酔いの玄がご機嫌な声を出す。

　調子に乗るなよ！　あんたが翔太の代わりになんてなるもんか！

　剣士は内心の憤りを抑え切れなくなった。

「いい加減にしてください。こっちは我慢してるんだから！」

「な、なんでぃ？　怖《こ》えぇ顔して」

「あなたが寝ると翔太に戻るんです。で、翔太が寝るとあなたになる。お互いが何をしていたのか知らないのかもしれないけど、玄さんが羽目を外すと、翔太に迷惑がかかるんですよ。今の人はみんな、魂の乗り移りなんて信じない。単純に、〝翔太が変になった〟って思うだけなんです。だから、今日みたいに蝶子さんと酒盛りするとか、街ではしゃぎ回るとか、絶対にやめてください」

「あい承知した。すまないと思ってるよ。もっと今に慣れるようにするから、堪忍してくれよ」

玄はこちらを拝むように謝る。

その殊勝な態度に、剣士のイラつきも徐々に収まってきた。

「……翔太には本当に悪いと思ってるんだよ。いきなり取りついちまってさ。だけどよ、俺にもどうしたらいいのかわかんねぇんだ。ほんと言うとよ、俺だってこの先が不安なのさ。江戸から知らねえ時代に飛んできちまったんだからな。酒でも飲まねえと眠れねぇんだよ……」

潤んだ瞳。しかも翔太の瞳で見つめられると、どうしても同情心が湧いてしまう。

「じゃあ、残り物でよければ肴を出します」

「お、いいのかい？　すまないね」

「カウンター席で待っててください」

冷静に考えてみれば、玄はたった独りでこの世に蘇ってしまったのだ。勝手のわからない今という時代に。そんな彼が頼りにできるのは、自分だけなのである。

金継ぎが完成するまでは、玄の面倒を見てやるしかないよな……。

剣士は翔太が作った料理の残りを冷蔵庫から取り出し、レンジで温めてカウンターに運んだ。

「どうぞ。鴨のグリル・マスカットソース。鴨の直火焼き《じかび》に、白葡萄のタレをかけたものです」

「……鴨。俺が市場で選んだ肉じゃねぇか。葡萄だって、はじき葡萄の残りもんだ」

「そう。あなたが寝ちゃったから、翔太が作ったんですよ」

「ふーん。これが今の料理ってやつか。で、これは？」

「フォークとナイフ。洋風の料理はそれで食べます」

「はあー、そりゃ難儀なこった」

「お箸にしましょうか」

「いや、これで食ってやる。何度も言うけどよ、江戸っ子は初もんに目がねぇんだ。初めてのもんは縁起がいいからな」

玄はナイフとフォークを不器用に動かし、鴨を口に入れた。

「……なるほど。肉がちょっとかてぇけど、たれは悪くねぇな。くせのある鴨に甘みと酸味のあるたれ。しかも白葡萄ときたもんだ。こんな組み合わせ、江戸じゃ見なかったぜ。このたれの油っこさはなんだろう？」

「バター、つまり牛の乳の脂肪分を固めたものとか、現在の食材がいろいろ入ってます」

「なるほどなぁ」

そこで玄は、静かにナイフとフォークを皿に置いた。

「剣士、ほかに翔太が作ったもんはないのかい？」

「カボチャのポタージュと松茸のクリーム煮が少しだけ。あと、鯖とウイキョウのパスタソースも少し残ってたかな」

「ぽたーじゅ？　なんの料理だかわかんねぇけどよ、あるもの全部味見させておくれよ。初もんは試しておきたいからさ」

「じゃあ、ちょっと待っててください」

剣士は残っていたものをすべて小皿に盛り、玄の前に置いた。

ひとつずつ味見をした玄が、すっくと立ちあがった。

「今の人はこんなもんが好みなのかい？」

「こんなもん？」

「ああいや、味は悪くねぇよ。ばたーとかな、こってり油っこくて確かに旨い。でもよ、どれも素材の味がどっかいっちまってるわな。なんつーかこう、肉も野菜も昔より味がぼやっとしちまってよ。その素材を誤魔化すために、いろいろ手を加えてる気がするんだよ」

「そりゃ、江戸時代とは違いますよ。ソースはフランス料理の基本。その昔、地の利が悪かった首都のパリで開花したんです。海も山も遠くて新鮮な素材が手に入らなかったからこそ、試行錯誤して作り上げた食文化なんですよ。まさに文明進化の象徴です。今じゃ日本でもソースを使うなんて当たり前。それに、手が込んだ料理じゃないと、わざわざお客さんが店に食べに来てくれませんよ」

「じゃあ、お前さんたちは店を変えて、こんな料理を出すつもりなのかい？」

「まあ、基本的には」

「屋号はどうすんだい」

「ハーヴェスト・ムーン。実りの月、って意味です」

するとと玄は、「つきみじゃなくなっちまうのか」と、深くため息を吐いた。

「こう言っちゃなんだけどよ、ひとつの料理に使う材料が多すぎやしないかい？　味がとんでもなく複雑だ。せっかくの初もんの松茸なのに、香りがくりーむってやつでぼけちまってる。南瓜の汁物だってそうだ。確かにこってりしててうめぇけどよ、素材が南瓜だか薩摩芋《さつまいも》だかわかりゃしねえ。それによ、食材が多いと残り物も多くなる。いわゆる屑《くず》ってやつだな。贅沢だとは思わないのかい？」

「今は昔と違うんです。うちはデリバリー、つまり料理の出前もするつもりだし、持ち帰り用の折詰も作る予定なんです。無駄がないようにちゃんと考えますよ。だから心配しないでください」

お節介なアドバイスだ。つい語気が荒くなってしまう。

しばらく黙り込んだ玄が、「わかったよ」と、やや残念そうに言った。

「でもよ、俺にも料理させてくれよな。鴨だって南瓜だって、俺が作りたいもんがあったから買ってもらったんだ」

「大丈夫です。材料は残してありますから」

「おう、腕がなるぜ」

玄は満足そうに頷いてから、驚くべきことを言い出した。

「じゃ、俺は糠漬け《ぬかづ》の仕込みしてから寝るわ」

「え、マジで？」

剣士は玄に、糠床《ぬかどこ》の簡易セットを買い与えていた。「どうしても糠床がほしい」と粘ったので、スーパーにあったものを購入したのだ。通常は糠を育てるのに時間がかかるのだが、簡易セットなら即座に糠漬けが作れるらしい。

「今から仕込むんですか？　もう丑三つ時《うしみどき》なんですけど」

「そうさな。明日は朝寝をすることにしよう。朝飼は抜きだな」

「ええ、そうしてください。僕は先に寝ますから」

これで玄が寝て起きたら、翔太になっているはずだ。さっさと眠ってもらいたい。剣士が二階に行こうとすると、玄が「待っとくれ」と、剣士のパジャマの袖を引っ張った。

「まだなんかあるんですか？」

とことんめんどくさい人だな、と思いつつ振り返る。

「俺の店のことだよ。ぼんやりだけど思い出したのさ。ちょいと聞いておくれよ」

そして玄は、一気にしゃべり始めた。

俺の料理屋は、達吉《たつきち》って兄貴が仕切ってたんだ。

屋号は『八仙《はっせん》』。場所は小石川。〝水戸《みと》徳川家の江戸上屋敷《かみやしき》〟のすぐ近くだ。もしかしたら、つきみのように今も続いてるかもしれねぇ。そうだったら行ってみてぇなと思ってよ。

剣士、今も八仙って料理屋があるかどうか、調べてもらえねぇかい？

跡形もないならそれでいい。諦めがつくからよ。

「八仙……聞いたことがない店名だな。もっと情報をください」

剣士は即座に調べる覚悟を決めていた。そうしないと心残りにされてしまうからだ。〝成仏するする詐欺〟の懸念はあるが、翔太との日常を取り戻すために、やれることは何でもしておきたい。

「まず、玄さんの苗字《みようじ》です。あと、生まれた年の年号って覚えてます？」

「苗字なんてねぇよ。俺は単なる町人だ。苗字を名乗れるのはお偉い様だけだったからな。生まれた年は……思い出せねぇ。卯月《うづき》（四月）だったことは覚えてるんだけどよ、年号ってやつがわかんねぇよ。俺はいつ生まれたんだ……？」

玄が悩み出してしまったので、質問を変えてみる。

「じゃあ、小石川で店を始めたときの将軍は誰でした？　徳川の誰かですよね？　あと、何か大きな事件はありませんでしたか？」

「確か……徳川家慶《いえよし》様だ。小石川で店を構えた年は……そうだ、日本に黒船の異人が来たんだよ。それから開国を迫られたんだ。……思い出せるのはそのくらいかなぁ」

「わかりました」

将軍は徳川家慶。黒船来航。それだけの情報があれば、小石川にあった『八仙』という店の創業年はわかる。その店が今も残っているなんて、あり得ないとは思うけど。

「……この話、何か役に立ちそうかい？」

「役立つかどうか調べてみます。ちょっと時間をください」

「いろいろ悪いな。頼んだよ」

剣士は糠床セットをいじり出した玄を厨房に残し、寝室に戻って布団を被った。

――が、しばらく経っても寝つけそうにない。

枕もとにあったスマホを横たわったまま操作し、先ほど玄から聞いた情報を検索する。

まず、現在の小石川に『八仙』という名の店はないようだった。

ただ、代替わりをして店名が変わったケースもある。ちなみに、『つきみ茶屋』も待合の頃は『つきみ』で、店名に〝茶屋〟がついたのは割烹に業態変更した明治時代から。『八仙』が店名を変えて続いている可能性もある。

そして、徳川家慶の代で黒船が来航したのは、嘉永《かえい》六年（１８５３年）だ。

ということで、その頃から続いている料理屋が、今も小石川に存在していないか調べてみる。

――あった。該当する店が一件ある。

でも、これは……。もちろん偶然だろうけど……いや、まさか……。

「剣士」

「うわっ！」と思わず飛び起きた。

すぐ横に玄が座り込んでいる。

「玄さん、勝手に入り込まないでくださいよ！」

「違う。オレだ。玄は糠床をいじってうたた寝をしたらしい。手が糠臭くて参ったよ」

「翔太？　翔太なんだな？」

「そうだ。前髪を見てくれ」

暗くてわからなかったのだが、よく目を凝らすと前髪が白くない。

「丁度よかった。今、玄が江戸でやってた店について調べてたんだ。そしたらさ、こがヒットして……」

スマホを見せようとしたら、翔太が隣ににじり寄ってきた。

「うちの実家のことだろ。嘉永六年創業。小さな料理屋から料亭に発展した小石川の老舗『紫陽花《あじさい》亭』」

「そう、そうなんだ。玄さんの店と創業年が同じなんだよ」

「ヤツのは『八仙』って屋号だったんだよな」

ハッとして翔太を見つめる。

「なんで知ってるのさ」

「夢の中で玄の言葉を聞いたんだ。その『八仙』って店は達吉って兄貴が仕切っていた。場所は〝水戸徳川家の江戸上屋敷〟のすぐ近く、だったよな。その江戸上屋敷って、今の小石川後楽園だろ。うちの店のそばだ。店名はどこかのタイミングで変わったのかもしれない。〝八仙花《はっせんか》〟は〝紫陽花〟の別名だ。『八仙』が『紫陽花亭』になった可能性がある」

「……マジかよ」

まさか、まさか。翔太は……？

「オレは玄の子孫かもしれない」

「翔太、本気で言ってる？」

「本気だ。なんか直感がしたんだよな。夢でぼんやりと聞こえたとき、胸騒ぎがした。だから確かめたいんだよ。剣士、本当に悪いんだけど、うちの実家で訊《き》いてきてほしいんだ。創業者の名前が達吉ではないか。達吉に玄という弟がいなかったか。創業時は『八仙』って店名じゃなかったか。この店名の変更だけでもわかれば、玄が先祖だってことになる」

「確かにそうだ」

だけど……。

「行くのは構わないけど、できれば翔太と一緒がいいかな。僕だけだと理由を考えないといけないし……」

「本当にすまない。オレは実家の敷居《しきい》を跨《また》ぎたくないんだ。十八で飛び出したっきり、一度も帰っていない。父親も勘当息子だと思っている。今さら下げてく面《つら》がないってヤツだ。今は姉貴と旦那が店を手伝っている。姉貴には連絡しておくから、明日にでも行ってきてくれないか」

高校卒業後からひとり暮らしを始め、実家には頼らずに生きてきた翔太。できれば親と顔を合わせたくない、という気持ちは理解できる。

「……わかった。話を聞くだけなら、だけど」

「剣士ならそう言ってくれると思ったよ。マジ助かる。先祖の話は姉貴より親父のほうが詳しいだろう。本当に申し訳ないんだが、剣士には親父に会ってもらうことになるかもしれない」

「それはいいんだけど、どんな理由にしようか。紫陽花亭の歴史について知りたいわけだからなあ……。あ、わかった」

「なんだ？」

「僕が老舗のつきみ茶屋を再興しようと思ってるから、同じ老舗のリサーチをしてることにしようかな」

「ああ、それはいい口実だな。姉貴に質問したいことを送っておく。さすが剣士だ。助かるよ」

翔太がふんわりと微笑み、白い歯を覗かせる。ここに女子ファンがいたら歓声が上がりそうである。

「うー、急激に冷えてきた、剣士、布団に足、入れてもいいか？」

「いいよ。確かに今夜は肌寒い」

「ありがとう。なんか炬燵《こたつ》みたいでいいな」

翔太が長い足を潜り込ませてきた。

「そうだ。金継ぎがどのくらいかかりそうなのか、確認もしておきたいな。どうにか早くできないものか……」

「そうだね。明日、漆器店で聞いてくる」

「頼む。あと、実家に行ってくれたら、先祖代々の墓についても訊いてほしいんだ。そこに創業者の弟が埋葬されていないか知りたい。そこまでわからなかったとしても、血縁が事実だったら墓参りに行く。玄が成仏してもらえるように、先祖たちに頼みたいんだ。ある意味、神頼みだな。でもオレは、この状況をどうにかするためなら……何でも……やる……から……」

「あれ？　翔太？」

急に横になった翔太が、布団に足を潜らせたまま寝息をたてている。玄と一日に何度も入れ替わったのだ。よほど身体が疲れているのだろう。

さあ、どうしよう。ふたりで寝るには狭すぎる。翔太を隣に連れていかないと。でも、起こしてしまうのも忍びない。自分が隣の部屋に移ればいいか。

などと思案していたら、翔太が急に目を開けた。

「あれ？　なんでお前さんがここに？」

前髪のひと房が白いから玄だ。

なんだよ、また入れ替わったのか……。

「玄さん、下でうたた寝しちゃったんでしょ。ちゃんと布団で寝てくれないと困るんですよ」

「ははーん。これはあれだな」

「あれって？」

「夜這《よば》いだろ。お前さん、そっち系なんだね？」

「ち、違いますよ！」

なにかトンデモないカン違いが起きようとしている！

「遠慮はいらねぇよ。江戸には男色って文化があってな。俺も若い頃はいろいろ遊んでみたもんさ。お雪さんに似てるお前さんなら、願ったり叶ったりだ」

玄が剣士の身体に手を伸ばしてきた。速攻でその手を払いのける。

「だから違うって！　玄さん、隣の部屋で寝てください！　そうしないと家から追い出しますよ！」

両手で玄を布団から押し出した。

「まあ、照れる気持ちもわかるわな。その気になったらまた言ってくれや」

薄笑いを浮かべた玄が、剣士の部屋から出ていく。

悪ふざけにもほどがあるだろ！　とっとと翔太に戻ってくれよ！

ますます寝つけなくなった剣士は、あまりにも面倒なことになりすぎていると、頭を抱えたのだった。

第3章「江戸の定番　あったか箱膳料理」

起きたらすでに正午すぎだった。

剣士は真っ先に隣の部屋へ行き、そっと中を覗く。

翔太は布団で横になっていた。前髪が白くないので翔太に違いない。カピバラのぬいぐるみが横にある。

笑みがこぼれてきた。カピバラがないと落ち着いて眠れないのだろう。

ん？　待てよ。寝た時は玄だったはず。もしかして、玄もカピバラが気に入ったのか？　モフモフで抱き心地が良さそうだもんなあ。

「――ああ、剣士か」

目覚めた翔太が、気だるい口調で言った。

「ごめん、起こしちゃったね」

「いま何時だ？」

「十二時すぎ。もう少し寝ててもいいよ。疲れが溜まってるんだろうから」

「そうなんだ。いくらでも眠れそうなくらい身体が重い」

いかにも億劫《おっくう》そうに身体の向きを変える。

「熱でもあるんじゃない？　体温計持ってこようか？」

「いや、熱っぽくはない。単なる疲労だろう」

「食欲は？」

「まったくない。悪いが、もう少し寝させてもらいたい」

「わかった。じゃあ、翔太の家に行ってくるよ」

そう言った途端、翔太が上半身を起こした。

「そうだった。姉貴にメールしないと。結構マメに連絡が来るんだ。もうずいぶん会ってないけど」

メールを打ち始めた翔太が、「既読になった。早いな」とつぶやく。

「レスがきた。今日は店の定休日だから、姉貴も親父も家にいるらしい。姉貴はいつ来てもいいそうだ」

「じゃあ、和樹《かずき》くんもいるのかな。大きくなっただろうね」

和樹とは、翔太の姉・水穂《みずほ》の息子だ。剣士も一度だけ会ったことがある。バーに勤めていた頃だ。開店前の店に、水穂が和樹を連れて差し入れをしてくれたのだ。とんでもなく美味だった自家製の桜餅。それが入った大きな包みを一生懸命抱えていた和樹は、まだ幼稚園生だった。

ちなみに、翔太の父親と義母は、剣士が高校生の頃に会ったきり、久しく顔を見ていない。『つきみ茶屋』と『紫陽花亭』は隣街の老舗同士だが、親同士の交流は皆無だった。

「そうだな。姉貴と和樹にはオレも会いたい。だが、親父と義母だけは無理だ。剣士、我儘を聞いてもらって本当にごめんな」

「いや、元はと言えばうちの盃のせいなんだから、できることならなんでもやるよ。そうだ、翔太と一緒に店をやること、お父さんには話さないほうがいいよね？」

「姉貴には伝えたから、親父も知っているだろう。できれば話題にしてほしくはないが、そこは剣士に任せるよ」

「わかった。とりあえず行ってくるから」

「頼む。オレはもうしばらく休ませてもらう。朗報を待っているぞ」

翔太は再び横になった。剣士は戸をそっと閉めて、外出の支度をし始めた。……のだが、大事なことに気がついた。

休んだ翔太が起きたら玄になる！　ひとりだけ家に残して大丈夫なのか？

――まあ、玄には釘《くぎ》を刺しておいたのだから、おかしなことはしないだろう。料理でも作ってるはずだ。とはいえ、なるべく早く帰ってこないとな。

湧き上がった不安を抑えて、剣士は家の裏口から外に出た。

途中、金継ぎ師の弥生の店に立ち寄り、預けた盃の状態を訊いてみたところ、「それほど手がかからなそう。十日もあれば修復できると思う」とのことだった。

あと十日。それまでなんとか凌げば、翔太は元に戻れる。

思ったよりも早く仕上がりそうだったことが、剣士を元気づけた。

よーし、小石川まで裏道の最短コースを行くぞ！

剣士はいつもの二倍ほどの早足で、小石川にある翔太の実家へ向かったのだった。

◆

文京区・小石川は、新宿区にある神楽坂からほど近い街だ。

江戸時代は徳川家の菩提寺《ぼだいじ》である〝伝通院《でんずういん》〟の領地として栄え、武家屋敷も多数存在。明治時代には夏目《なつめ》漱石《そうせき》などの文豪や財界人が住んでいたという、ハイソなイメージの山の手エリア。今も緑豊かな高台一帯に、閑静な住宅地が広がっている。

そして、この街一番の景勝地といえば、東京ドームと隣接する〝小石川後楽園〟だ。

元は水戸徳川家の江戸上屋敷内に造られた大名庭園で、今では国の特別史跡及び特別名勝に指定されている観光施設。東京ドームの一・五倍もあるという敷地には、中央の大きな池を囲むように四季折々の花が咲き誇り、歴史ある建造物や橋がいたるところに配置され、訪れる者を古《いにしえ》の時間へと誘う。

そんな小石川後楽園の裏口から少し離れた辺りに、翔太の親が営む老舗料亭『紫陽花亭』がある。

高級感のある黒塀の向こうに見えるのは、二階建ての重厚な日本家屋。庭には立派な松の木と紫陽花園があり、どの席でも窓から庭を眺められるようになっているようだ。

店の名物は、松阪牛の網焼きをメインとした〝松阪牛尽くしの懐石料理〟。一度は食べてみたいものである。

その料亭の裏側に、風間家の住居があった。

最近建て直したばかりの家は、鉄筋コンクリート造りの洋風住宅。翔太の両親と、姉の水穂一家、二世帯が住めるように改築したという。

左右にふたつある玄関。表札に風間栄人《えいと》とあるのが、水穂が暮らす棟だ。彼女は栄人という名の婿養子と家業を手伝っているのである。

剣士がインターホンを押すと、すぐに水穂が迎え入れてくれた。

「剣士くん、久しぶりだね！　元気そうでよかった。ご両親のこと、大変だったね。うちの弟がお世話になってるみたいだけど、迷惑かけてない？　あ、お昼まだだったら食べていきなよ」

三十代後半なのに、学生のように可憐《かれん》な容姿の水穂が、畳みかけるような早口でしゃべりかけてくる。

昼食は丁重に断り、手土産に持ってきた洋菓子を渡すと、水穂はしきりに礼を言いながらリビングに通してくれた。

角の丸いダイニングテーブルに毛の長い絨毯《じゅうたん》。そこらに置いてあるオモチャや児童本。ひと目で子どものいる家庭だとわかる。

「お茶でいいかな？　まだ暑いから水出し茶にしたんだけど」

「ありがとうございます。今日、和樹くんはいないんですか？」

「今、お父さんたちとお買い物に出てるの。うちの旦那は研修で出張中」

たち、とは父親と義母のことだ。義母は、幼い頃の翔太に冷たく当たった女性である。姉の水穂とは友好的な関係を築いているのだろうか。それとも、孫の存在が両者のかすがいとなっているのか……。

「和樹、小学校二年生になったんだよ。月日が経つのは早いよね。翔太が家を出てから、もう七年にもなるんだ」

懐かしそうな表情で、水穂がつぶやいた。

「翔太には助けてもらってます。しっかりしてて頼りになるんです」

「そう。たまには顔を見せてほしい。そう言ってたって伝えてね」

「了解です。早速ですが、お話を聞いてもいいですか？　メモ代わりにスマホで記録もさせてもらいたいんですけど」

「どうぞ。翔太からもメールがあったんだけど、うちの店の歴史が知りたいんでしょ？」

「はい」と答えながらスマホをテーブルに置き、録音を開始する。あとで会話を翔太に聞かせれば、話が早いと思ったからだ。

「翔太と新しい店をやりたいんですけど、長く続いた『つきみ茶屋』を急に変えてもいいのか、ちょっと悩んでて。いろいろと参考にしたいので、『紫陽花亭』のお話を聞きたいなと思って……」

用意した通りにしゃべりながら、剣士は内心で安堵《あんど》していた。水穂とだけ話すことになったからだ。正直なところ、翔太と犬猿の仲である父親の風間と会ったら、緊張でうまく話せないような気がしていたのだ。

「いつ頃から誰が始めた店なのか、現在まで残り続けている理由はなんなのか、ほかの老舗を調べてみたいと思ったんです。こちらも江戸末期から続いてるんですよね？」

「そう。初めは小さな料理屋で、二代目から店を拡張していったらしいの。今のような料亭になったのは明治の初期から。翔太からメールが来てすぐ、お父さんにも確認しておいたんだ。でもね……」

水穂は申し訳なさそうに目を伏せた。

「創業時の店名も創業者の名前も、正確にはわからないんだって。うちの店、明治の半ばに火事で丸焼けになって建て直したから、その前の記録がほとんど残ってなくて……。風間って苗字は二代目が名乗り始めたみたい。ほら、明治八年に政府が決めた、誰もが苗字を名乗る義務」

「〝平民苗字必称義務令〟ですね」

「そうそう、それ。今のお墓も二代目が建てたものなの。知りたかったのって、創業者のことだったんでしょ。ごめんね」

ということは、創業者に弟がいたのか不明だし、先祖代々の墓に創業者一家が埋葬されているのかも、皆目わからないことになる。

「そうですか。でも大丈夫です。確認してもらっちゃってすみません」

焼けてしまったのだから仕方がない。諦めよう。

「でも、ちょっと気になる伝承が残ってるんだよね」

「伝承？」

「うん」と頷きながら、水穂は真顔で剣士を見つめた。

「これも記録が残ってるわけじゃないから、どこまで正確かわからないんだけど、お父さんが曾《ひい》お祖父《じい》さんから聞いたことがあるみたいで」

それから水穂は、衝撃的な言葉を発した。

「初代の頃、仕事中に殺された料理人が、この店にいたらしいの」

江戸末期、黒船来航で世情が騒がしくなっていた頃の話。

神楽坂のお茶屋を利用した水戸の攘夷派の武士が、出入り業者だったこの店の料理人に毒見をさせたんだって。

でも、武士はとんでもないサディストだった。

わざと盃に毒を仕込んで、料理人を殺したの。

それで憂さ晴らしをしてたみたい。犠牲者が何人も出て犯行が発覚したんだけど、その武士は姿を消しちゃったらしいよ。

気の毒だよね、その料理人。

一生懸命作った料理で、もてなしてただけなのにね。

いつの時代にもいるんじゃないかな。人の顔をしたケダモノってやつは。


水穂が語った恐ろしい伝承に、剣士は戦慄していた。

殺された料理人は、おそらく玄だ。

毒見で亡くなったのなら、事故死のようなものだと思っていた。

それがまさか、無差別殺人犯の被害者だったなんて……。

陽気で豪快で、時代錯誤で迷惑な玄。

でも彼は、自分の料理で人を幸せにしたくて、自分も幸せになりたくて、過酷な幕末を必死に生きようとした男だったのだ——。


「剣士くん、どうかしたの？」

「あ、ちょっと驚いちゃって。そんな話、実際にあったのかなって」

「伝承だからね。本当かどうかはわからない。今の日本史だって、誰かが捏造《ねつぞう》したものかもしれないしさ」

いや、毒見の話は事実だろう。玄は創業者の弟だった料理人で、翔太や水穂、つまり風間家の祖先に当たる人物なのだ。

ただ、それを水穂に言うわけにはいかない。翔太に玄の魂が乗り移っている、なんて彼女に言ったら、正気を疑われるに違いない。

「暗い話になっちゃった。で、剣士くんはどんな店にするの？　つきみ茶屋の看板は残すつもり？」

「あー、えっと、翔太ともいろいろ話してるんですけど、ワインバーにしようかなと思ってて。店名も変える方向で考えているんです。だから、老舗の暖簾を守ってる水穂さんにも、ご意見を聞きたかったんですよね」

「ワインバーかあ。古民家風のワインバーも悪くないよね。神楽坂にはそんな感じの店も増えてきたし。老舗の割烹がなくなっちゃうのは寂しいけどさ。でも、新陳代謝って必要だと思う。剣士くんと翔太がやりたいなら、私も応援する。オープンするときは手伝いに行くよ」

朗らかに言われて、剣士は胸を撫で下ろした。

水穂が「暖簾を守れ」と押しつけてくる相手じゃなくて、本当によかった。翔太の父親と対峙《たいじ》する覚悟で来たので、まだ肩に力が入っていたのだが、その力が完全に抜けた気がする。

必要な情報は入手できたけど、それだけで帰るのも不自然なので、代々続く店を継続させるための努力や苦労したことなど、いくつか質問を続けた。

その中で、印象に残った言葉があった。

「いつだったか、お父さんに言われたんだよね。『暖簾は守るものじゃない、育てていくものだ』って」

「育てるもの？」

「そう。ただ守ってるだけじゃ終わってしまう。老舗の名前に胡坐をかいちゃ駄目。

常に創意工夫をして、時代に合わせて育てなきゃいけない。うちが松阪牛の懐石を始めたのも、他店との差別化を考えたからだしね。あと、今はお弁当の定期配達もやってる。お得意様に月契約をしてもらってるの。うちの従業員が配達するから、ご機嫌伺いも兼ねてるんだ。ひとりで暮らしてらっしゃる年配の方は、顔見知りの従業員が行くとよろこんでくださるのよ」

「なるほど。すごく勉強になります」

飲食店の生存率は、以前に増して低くなっている。老舗の料亭だっていろいろ工夫しているのだ。うちらの店も、差別化できる何かが必要だな。帰ったら翔太に相談しよう。

剣士は改めて思い、「貴重なお話、本当にありがとうございました」と礼を述べて録音を終了させた。

◆

「じゃあ、翔太によろしく言っといてね」

水穂に送り出され、剣士は風間家をあとにした。

「そうそう、店に用事があったんだ。そこまで一緒に行こう」

サンダルを引っかけた水穂が、後ろからついてくる。

「今日はマジで参考になりました。来てよかったです」

「あんな話でよければいつでもするよ。……あれ？」

いきなり水穂が立ち止まり、怪訝そうに首を傾げた。

「どうかしました？」

「店の前に誰かいる。着物の男性。……ねえ、あれって翔太じゃない？」

な、なんだとぉ――――！

まさかと思いつつ、剣士はその男に視線を定めた。

紺の着物姿。前髪は……一部だけ白い。つまり玄だ！

も――――、なんでここにいるんだよっ！

剣士は猛ダッシュで玄に走り寄り、小声で話しかけた。

「玄さん」

「おお、剣士。暇だったんでよ、店を探しに来てみたんだ。ここ、俺の店だよ！　立派な松があるだろ？　昔から変わんねぇ。ずっとここにあったんだよ！　店名が違うけど俺にはわかる。匂いでわかるんだ。ここは兄貴の子どもが継いで、子孫がずーっと守ってきたんだよ。こんな立派な店構えになってくれて、俺はうれしいよ……」

しきりに涙を拭っている。

そんな玄の気持ちはわかるような気がした。未練を残したまま亡くなった彼にとって、この店は〝生きた証〟だ。感動もひとしおなのだろう。

だが、今はゆっくりしている場合ではない。

「玄さん」と小声でささやく。

「あ?」

「いま翔太のお姉さんと一緒なんです。翔太の振りしてください」

「ああ?」

「黙っててくれればいいから!」

「あい承知した」

「――やっぱり翔太だ!」

後ろから水穂がやって来る。

「翔太、帰ってきてくれたんだ! 着物なんて珍しいね」

「あー、っと、水穂さん。実は翔太、和装コスプレにハマってるみたいで」

大あわてで取り繕った。

しかし、玄はニヤリと笑って口を開く。

「こりゃ別嬪さんだねぇ。水穂か。いい名前じゃねぇか。さすが俺の血族だ」

だから、しゃべるなっつーの！

剣士は玄の口をふさぎたい衝動を抑え込む。

「はぁ？　あんたナニ言ってんの？」

当然のごとく、水穂は阿呆《あほう》を見る目になっている。

「こ、これはですね！　コスプレでキャラになり切ってるんです！　ゲームに出てくる幕末の料理人キャラ！　な、翔太」

横から玄を思い切りどついた。

「その通りさ。俺は江戸の料理人・玄。よろしくな」

「ほらもう、なりきりがスゴイんですよ。翔太、料理の打ち合わせがあるだろ。間に合わなくなるから帰るぞ」

「ああ、料理なら準備してあるぜ」

玄の背中を押して帰ろうとしたら、さらなる緊急事態が起きた。

前方から来た風間家の自家用車が、店の前で停《と》まったのである。

運転手は胡麻塩《ごましお》頭で体格のいい中年男性。翔太と犬猿の仲の父、風間栄蔵《えいぞう》だ。

助手席にいるのは、いかにもキツそうな顔つきの義母、貴代《たかよ》。そして後部座席には、どこか翔太に似た愛らしい甥《おい》の和樹が乗っている。

「お帰りなさい」と水穂が車に駆け寄る。

「わー、翔太兄ちゃんだ！」

窓を開けた和樹がうれしそうに叫ぶ。

風間と貴代《たかよ》は、ギョッとした表情でこちらを見ている。

「こりゃまた可愛《かわい》い童《わらべ》じゃねーか。ちょっと俺に似てっかなぁ」

玄が車に歩み寄ろうとする。

――これは修羅場だ。修羅場になるに決まってる！

頼むから、僕を巻き込まないでくれ――――！

逃げ出したくなった剣士だが、そういうわけにはいかない。

「おい！」と玄に向かって大声を出す。

「なんでぃ」

「鍋の火が心配だ。早く帰らないと火事になる！」

「なにぃ？　火事だとぉ？」

「そう、つきみが火事で燃えるんだ！」

「そりゃてーへんだ。火消しに行くぞっ」

思った通り、火事という言葉に反応した玄は、腕まくりをして走り始めた。

「いろは組のお出ましでぃっ」

張り切る玄のあとを追いながら、振り返って風間一家に一礼をする。

「すみません！　いろいろありがとうございました！」

唖然とする風間一家をその場に残し、剣士は厄介極まりない玄と家路を急いだのだった。

◆

「おぃおぃおぃおぃおい！　どこが火事なんでぃっ」

勢い込んでつきみ茶屋に飛び込んだ玄が、怒り顔で叫んだ。

「無事でよかったじゃないですか。ってゆーか、いい加減にしてくださいよ！　勝手に動き回られると迷惑なんです。翔太が迷惑を被るんですよ！」

「なんでぃなんでぃ、翔太翔太って。だったら大事な翔太を縛りつけとけや！　そしたら俺だって動けねぇわ」

「玄さん！　成仏するするって僕を振り回して。本当は好き放題やってるだけでしょ？　尻ぬぐいするこっちの身にもなってくださいよ！」

「こっちだって好きでここにいるわけじゃねぇよ！　紫陽花亭のほうがぜんぜんいいさ。あっちは俺の子孫が立派に続けてるんだ。わいんばにしちまうこの店より、小石川に行きてぇよ！　封印解いたのはそっちだろう。なんとかしろや！」

「なんとかしたいから動いてるんです！　邪魔しないで……あ」

　ふっと足元が浮いた気がした。眩暈がしたのだ。

「剣士！」

　気づけば、玄に抱きかかえられていた。

「どうした剣士、大丈夫かい」

「ちょっと立ちくらみがして。座らせてください」

　そのまま座敷席に座り込む。ぐう、とお腹が鳴った。

　そういえば、朝から何も食べていない。小石川からダッシュしてきたのでクタクタだ。

「お前さん、腹が減ってんだろ。ちょいと待ってな」

　玄は厨房へ入っていく。

その後ろ姿を見ていたら、先ほどの水穂の言葉が浮かんできた。

（わざと盃に毒を仕込んで、料理人を殺したの）

毒見だと騙《だま》されて、武士に殺された江戸の料理人。

芸者だったお雪に、最高の料理を食べてほしいと夢見ていた二十七歳の男。

その夢は叶わず、金の盃に魂だけ封じられてしまった――。

……駄目だ。あまりにも気の毒すぎる。

湧き上がった憐憫《れんびん》の想いが、剣士の胸に広がっていく。

この人の夢を、叶えてあげられたらいいのに……。

どうすることもできない自分が、たまらなく歯がゆかった。


それからほどなく、玄が年季の入った漆塗りの箱を座敷に運んできた。

立ち込める料理の香りが、空っぽの胃を刺激する。

「ほら、昼餉《ひるげ》だよ。箱膳にしてみたんだ」

それは、側面から見ると長方形の箱。蓋つきで中に食器が入るようになっている。

食事をする時は蓋を裏返すと膳になるので、そこに料理の器をのせるのだ。

「こんな箱膳、うちにあったかなあ？」

「物置にあったさ。ちゃんと手入れしてあった。お前さんの先祖が使ってたんじゃないかい？　江戸の頃はこんな箱膳をひとりずつ持っててよ、中に自分の茶碗や箸を入れておいたんだ。自分専用のお膳だな」

その箱膳の上には、三品の料理、湯気を立てる汁物椀、ご飯の茶碗、計五品と箸が置いてある。

「わ、ウマそう」

思わず剣士の喉が鳴った。

「だろ？　江戸庶民の食卓は質素なもんでよ、飯に汁物とおかずが一品の〝一汁一菜〟が基本だったんだ。でも、今日はとんでもねえご馳走を用意したぜ。なんと、おかずが三品の〝一汁三菜〟だ。おかずは〝鴨と松茸の焼き物〟、〝南瓜の安倍川《あべかわ》〟、〝大根と人参《にんじん》の糠漬け〟。汁は〝鯖《さば》の船場汁《せんばじる》〟で、ご飯は俺の得意な〝卵飯〟だ」

鴨、松茸、南瓜、鯖。翔太が昨夜残しておいた食材を使った玄の料理は、当然ながら翔太の洋風とは真逆の江戸和食だ。しかも、物置に眠っていたらしい箱膳の上にミチッと並んでいる。見た目はやや地味だが、ものすごく新鮮に感じる。

「器や箸も、この箱膳の中に入ってたんですか？」

「いや、箱の中は空だった。厨房にあった器を使ったよ」

「うまく膳にハマってますね。面白いから録画しておこう」

剣士はスマホを箱膳が録《と》れるようにセットし、録画を開始した。不思議がる玄に「今はなんでも記録できるようになってて……」と手短に説明してから、箱膳の前に正座した。

「じゃあ、いただきます」と手を合わせ、箸を手に取る。

まずは、鯖の切り身と大根の入った船場汁から、ひと口すすってみた。

「うん、鯖の出汁が利いてる。アラ汁みたいですね」

「鯖の鮮度が今ひとつだったから、生姜《しょうが》の汁をちょいとだけ入れたんだよ。臭みを取るには生姜が一番だ」

「うん。いい感じです」

大根はおでんの具のような大きさだ。箸を入れるとホロリとほぐれていく。やわらかい大根を食べると、鯖の出汁がジュワッとあふれてくる。

「出汁が大根に染みてて、めっちゃ美味しい」

「だろ」と玄がドヤ顔をし、いつの間にか手にしていた缶ビールをゴクリと飲む。剣士も飲みたくなったが、今は料理に集中することにした。

「船場汁ってのはよ、上方（大阪）商人の街・船場で生まれた料理だ。魚の骨や頭から取った出汁で、大根を食うのさ。俺の船場汁は、魚の身より大根が主役なんだ」

「確かに、大根の存在感がすごい。なんかホッとする味だなあ」

このまま一気に食べてしまいたい。が、横で飛び切り香《かぐわ》しい薫りを放つ、鴨と松茸に箸を伸ばす。

「うっま！　なにこれ、味つけはなんですか？」

「醬油だ。濃い口の醬油」

「醬油だけ？」

「そうさ。鉄鍋で鴨の脂をじっくり焼いてな、その脂で肉と松茸を焼くんだ。固くなる前に皿に取って、そこに醬油を垂らす。それだけで十分だろ。素材自体がうめぇんだから」

確かに、松茸はハッとするほど香りが濃く感じるし、鴨は驚くほど柔らかくて脂が美味しい。肉の表面に入れた隠し包丁と、火加減のよさがその理由だろう。適度に垂らした醬油が、食材の旨みをさらに引き立てている。

昨日食べた〝鴨のグリル・マスカットソース〟〝松茸のクリーム煮・パイ包み焼き〟が、まったく別の食材で作られた料理のように思えてきた。

「ご飯が食べたくなる味ですね」

「じゃあ、卵飯だ。横の小皿に葱《ねぎ》と出汁醬油が置いてあるだろ。好みでかけて食っとくれ」

その黄色い卵飯とは、いわゆる卵かけご飯とは似て非なるものだった。

「炊き立ての土鍋飯に溶いた卵をかけて、蓋《ふた》をして蒸す。それが俺の卵飯だ」

「そんなの、絶対美味しいに決まってますよね」

昆布と鰹節が香る出汁醬油と、刻み葱をかけて卵飯を食べる。

ふふ、と声が出た。笑ってしまうほどウマい。

「こんなの初めてだ。米のひと粒ひと粒を卵がフワッとくるんでいて、そこに出汁醬油と葱が絡み合ってる。オコゲの香ばしさもいい。これ、何杯でもイケそう。玄さんが土鍋で炊いたご飯、本当に美味しいですね」

「そりゃうれしいねぇ。お代わりしておくれ。糠漬けと食べても最高だ。あの簡易せっとかいうやつ、すげぇよ。たったひと晩で人参と大根が糠に漬かりやがった。あれも魔法の箱だな」

言われて人参の糠漬けをポリッと齧る。糠で発酵した野菜の甘み、独特の風味と塩味。卵飯との相性が悪いわけがない。

「で、こっちはカボチャのなんでしたっけ？」

ふっくらと煮た南瓜の上に、黄色の粉が振りかけられている。

「安倍川。蒸した南瓜に、砂糖入りのきな粉をたっぷりかけた料理だ。安倍川餅の餅を南瓜に替えたんだよ。江戸じゃあ、女子《おなご》たちに人気の品だ」

「へえ。今で言うスイーツの一種ですね」

ひとかけらを半分に割って、きな粉と一緒にパクリ。

ねっとりとした南瓜の自然な甘みに、きな粉特有の香ばしさがプラスされ、とても野菜とは思えない。完璧な和風スイーツだ。

「やさしい味。子どももよろこびそうな美味しさですね」

「だろ？　これが旬の素材を活《い》かした江戸料理さ。豪勢じゃねえしそーすとかいうやつもねぇ。だけど、季節を存分に感じられるご馳走だ。それを箱膳で食うと、余計うまく感じるはずだぜ」

確かに、初めて使用する昔ながらの箱膳は、珍しさと懐かしさが入り混じった高揚感を生み、特別な食事をしているような気すらしている。

「うちの店も箱膳で出してたけどよ、それは脚のついた客人用だ。今お前さんが使ってるのは、脚なんかないだろう。それが家族用の箱なんだよ。みんなが自分専用の箱膳で、一緒に手を合わせてから食う。終わったら一切れだけ残した漬物で器を拭って、その漬物も食ったら白湯《さゆ》か茶を入れて飲む。そしたら器を清潔な布で拭いて、箱の中に戻すのさ。無駄な水は使わねぇから、今と違って自然にもやさしいだろ。それが江戸の常識ってやつだ」

「そうなんだ。漬物で器を拭うなんて、知らなかったなあ」

感心しながらも、剣士の箸は止まらない。

「卵飯、お代わりいいですか？」

「あいよ！」

玄は満面の笑みで土鍋を運び込み、茶碗にお代わりをよそう。

まだ湯気を立てている土鍋の卵飯。出汁醬油も最高だけど、岩塩と粗びき胡椒《こしょう》なんかでもウマそうだな……。

茶碗を受け取りながら、剣士は不思議な幸福感を覚えていた。

なんというか、家庭の温《ぬく》もりを食べている感覚なのだ。

まだ幼い頃。大きな不安も悲しみもなく、純粋に食事を楽しんでいた自分。そばには父と母が居て、二人の笑い声は最高のスパイスだった。

いつからだろう。親との食事が疎ましくなってしまったのは。

一体なぜ、家族と囲む手作りの和食より、独りのインスタント食品のほうが、美味しいと思うようになってしまったのだろう――。

……やっぱり、手作り料理ってあったかいよな。

素朴な江戸料理と箱膳は、剣士の中にあった日本人のＤＮＡを呼び起こし、あっという間に全皿が空になっていく。

最後に大根の漬物で茶碗を拭い、ポリポリと齧る。そこに玄が注いでくれた茶をグイッと飲み干す。

ふぅー。とてつもない満足感だ。

茶碗を布で拭いて箱に仕舞いたくなるけれど、さすがに現代的ではなさすぎる。流しで洗ってからにしよう。


「ごちそうさまです。……和食って美味しいんですね」

しみじみとつぶやいてしまった。

「なんでぇ、今さら。料理屋の息子のくせに」

「僕、昔は和食しか食べさせてもらえなかったから、反動で食べなくなっちゃって。でも、改めて思いますよ。丁寧に作った日本の料理って、すごいんだなって。箱膳もそう。食器を入れる箱の蓋をひっくり返すと、それがお膳になる。しかも、床に置いて机の代わりに使うんだから、無駄がなくて合理的ですよね」

「そりゃそうさ。無駄はしない。物は少ししか持たない。いつ火事になっても飛び出せるようにしておく。それが江戸っ子だからな。あと、食いもんを粗末にしないってのもお約束だ。だってよ、魚も肉も生き物の命をいただいてるんだぜ。無駄にしたら罰が当たるだろ」

そう言われて、いま食べたものに感謝の念を送る。

「出ちまった屑は加工して肥料にする。水もなるべく使わない。壊れた器もどうにか直して長く使う。鍋だって着物だって傘だって、なんにでも修理職人がいたんだ。今はどうだか知らねぇけど、俺の頃はそうやって暮らしてたもんだ」

「今で言う、エコロジーですね」

「はぁ？　えころじ？」

「いや、なんでもないです」

江戸時代のように暮らすのも悪くないなあ、と剣士は考えていた。

モノも情報も溢れている今からすると、おとぎ話の世界だけど。

「洗い物、しちゃいますね」

箱膳を運ぼうとした剣士に、玄は「そうかい、悪いね」と言い、座敷にゴロンと寝転んだ。

「はー、昼間の麦酒《むぎしゅ》は利くねぇ。今日は俺の子孫の店がわかって、最高にうれしかったよ。子孫たちとも話してみてぇなぁ」

満足そうな玄の声を背に、剣士は厨房で片づけを始めた。

店で使い込んだ漆椀、陶器に茶碗。店を継ぎたくないから、なるべく触れないようにしていた食器類と、玄のお陰で思いがけず使用することになった重みのある箱膳。

避けていた物置の整理をすれば、もっといろんな骨董品が出てくるかもしれない。

どれも丁寧に洗いながら、ふと思う。

ここ数日間で、つきみ茶屋に対する気持ちが変化している。

意外なことに、少しずつ愛着が湧いているのだ。

金継ぎ師・弥生から聞いた漆器への想い。『紫陽花亭』の暖簾を育て続けている水穂の言葉。そして、玄。江戸の粋を体現しようとする彼の姿は、現代っ子の自分に驚きや発見を与えてくれる。

——このまま改装せずに、和食の店をやってみたらどうだろう？

純和風の店内は、まだ荷物整理が残っているものの、独特の風情がある。入念に掃除をすれば、すぐに割烹を再開できそうだ。

……いや、そんなこと考えちゃ駄目だ。ここはふたりでワインバーにすると、翔太と約束したのだから。この古びた障子も昭和ちっくなガラス窓も全部外して、オープンテラスに改装するのだ。

「剣士」

「あ、翔太？」

いや、厨房に入ってきた彼は、前髪の一部が白いままだった。

「……じゃなくて玄さん。洗い物、もう終わりますよ」

最後の器を布で拭き上げ、棚に仕舞った。

「おう。……なあ、ここはいい店だったんだろうなぁ。台所は使いやすいし、いろんなところがよく手入れされてる。乾物も調味料も上物ばっかだ。金継ぎされた器も多いよな。きっと食材だって、さっきのとは比べようもないくれぇ、鮮度のいいもんを仕入れてたんだろ」

その通りなのだが、剣士はじっと黙っていた。

「お父っつぁんの料理、食ってみたかったよ。料理屋ってのは簡単に続けられるもんじゃねぇから。子どものように育てていくもんなんだ」

――育てる。

風間が言ったという「暖簾は育てるもの」との言葉が脳裏をよぎった。

「万事がすんなり上手《うま》くいくわけがねぇ。ときには病気になったり怪我したりしてよ。もう駄目だ、倒れる、なんて思うこともしょっちゅうある。苦労して苦労して、それでも踏ん張って手塩にかけるのさ。なんたって、可愛い我が子だからな。しかも、ここは何代も続いてきたんだろ。そりゃ奇跡だぜ。先人の想いを大切に受け継いできた、奇跡の暖簾だ。そいつを手放しちまって、本当にいいのかい？」

「またその話ですか。もう決めたんです」

言葉とは裏腹に、剣士の声は弱々しい。

「これ、勝手に触っちまったんだけどよ」と、玄が紺色の布を取り出した。

段ボール箱に入れておいた、店の看板でもあった暖簾だ。

三つに分かれた麻の布。紺地の右端に『つきみ茶屋』と白抜きしてある、剣士が生まれる前から店頭にあった暖簾……。

「立派な暖簾じゃねえか。使い込まれて色褪《いろあ》せたところが、粋でたまんねぇよ。……俺の店にも、『八仙』って暖簾をかけてたもんさ」

厨房のテーブルに広げた暖簾を眺めながら、玄が口角を上げる。

「江戸の頃はよ、居酒屋の暖簾ってのは、客が手を拭くもんだったんだ。だから、汚れてるほど客が多くて旨い店だったのさ。今は手を拭くやつはいなそうだけどな。でもよ、年季の入った暖簾ってのは、いいもんだよなぁ」

どう返事をしたらいいのか、剣士は考えあぐねていた。肯定したい気持ちもあるけど、そうしたら翔太が悲しむような気がして、何も言えずにいる。

「あのよ、魂ってのはさ、見えないけど存在するんだ。俺がその証拠だからな。お前さんのお父っつぁんも、きっと近くで見守ってるぜ。わいんばにしちまったら、悲しむんじゃないかねぇ」

「もうやめてくださいよ！」

剣士は声を荒らげ、玄を睨みつけた。

「僕は翔太を裏切らない！　絶対に。だからほっといてください」

「お前さん、翔太のために店を変えようとしてるのかい？」

「違う！　僕は僕の意思で……」

そこで、急に言葉が詰まった。

それは本当に、自分の意思なのか？
たとえば、翔太がいなくても、たった独りでも。
自分はここをワインバーにするのだろうか？
我が子を立派に育てていけるのか……？

「まあ、怒りなさんなって。こうやってお前さんを見てると、この店にいるのがしっくりくるわ。着物も似合いそうだしな。それに、和の粋もわかりかけてそうじゃねぇか。もう少しだけ、考えてみてくれないかい？　俺はなんでも協力するからよ。勝手なこと言って悪いけどな、お前さんとつきみ茶屋を復活させたくなったんだよ。江戸料理の店だ。箱膳で出すのもいいわな。もちろん、俺の中にいる子孫の翔太も一緒にだ」

玄は手にしていたビールを一気にあおった。

「翔太が子孫だってことは、なんとなくわかってた。俺が取りつけるのは血族だけなんだよ」

「え？　そうなんですか？」

自分の血族にしか玄は憑依できない。初めて得た情報だった。

「おうよ。俺は魂の存在だからわかるのさ。なんとなくだけどな。翔太と俺はうまくやっていけるはずだ。血の繋がりは絆が強いからなぁ」

玄は機嫌よくしゃべり続けている。

「だからよ、みんなで一緒にやろうや。江戸料理を箱膳で出す店。わいんばよりいいと思うぜ」

「マジ、勝手なことばっか言いますよね。僕たちの気持ちなんて二の次で。翔太が納得するわけないでしょう」

とは言いながらも、〝江戸料理〟〝箱膳〟という響きには、微《かす》かな魅力を感じていた。

そんな店、この界隈《かいわい》には存在しない。しかも、江戸時代の料理人が手伝うと言っているのだ。他店と差別化できるんじゃないか？

剣士の中で、もうひとりの自分がしきりにささやいている。

その声に導かれるように、テーブルに広げた暖簾に目をやった。

――懐かしさで胸が一杯になる。

物心がついた頃から、当たり前のようにあったつきみ茶屋のシンボル。細い竹竿《たけざお》で吊《つ》るされていた、紺地の上品な暖簾。父が開店するときに入り口にかけ、閉店後に仕舞う。いつも、とても大事そうに。

古くなって綻びも目立つようになったから、「新しく替えようか」と母が話題にしたこともあったが、父は首を縦に振らなかった。

「先代から使ってきた、店の顔だから」と。

結局、母が綻びを丁寧に縫って繕い、ずっと使い続けていた。

その縫い跡を、そっと手でさする。

今まで無関心だったことが嘘のように、つきみ茶屋の暖簾を大切に感じている自分がいた。

そんな剣士を見ていた玄が、「ひとつ、頼みがあるんだ」と言い出した。

「翔太にも俺の料理を食わせてみたいんだよ。あいつにも料理の腕があるからな。経営の知恵もありそうだ。なんたって、俺の子孫だからなぁ」

玄はやけに楽しそうだ。

「一人前の料理人はよ、感情や意地でほかの料理人を貶《けな》したりはしねぇもんだ。俺は翔太を信じるよ。アイツは俺の江戸料理を、ちゃんと味わってくれるってな。だから頼む。俺の考えを翔太に伝えてもらえないかい？」

そうだ、翔太が玄の腕を認めたら？

つきみ茶屋は江戸料理の店として、暖簾を残すことができる。

そしたらきっと、父さんたちもよろこんでくれる……。

ささやき声が強くなり、剣士の心は揺れ続けている。

――いや、金の盃が修復できたら玄はいなくなる。盃に封印されてしまうはずなのだ。なのに安請け合いなんてしちゃ駄目だろう。

「なあ剣士。俺の江戸料理、旨いって言ってくれたよな。まだまだいろんな料理があるんだぜ。翔太と食ってみておくれよ」

「あのね、玄さん」

「おう」

「さっきの箱膳、確かに美味しかったですよ。でもそれは、家庭料理としてのウマさだと思うんです。店で出すにはちょっと地味ですよね」

「なんだとぉっ！」

ビールで酔った玄が、大声で叫ぶ。

「今は、味だけじゃ勝負できないんですよ。盛りつけの工夫とか、店内での演出とか、雰囲気作りも重要なんです。SNSでの見栄えも大事だし」

「えすえぬ？」

「とにかく、うちは女性客も大事にしたいから、華やかさは必要なんですよ」

「十分華やかだろうが。江戸庶民じゃ食えねえ一汁三菜だぞ？」

「そういうことじゃなくて」

若干イラつきながら、剣士ははっきりと告げた。

「翔太の料理には華があるけど、玄さんのには足りないんです」

「はあ？　聞こえねえなぁ」

わざとらしく耳に手をやった玄に、再度言い渡す。

「あなたの料理には華が足りないんですよ。だから無理……」

「ちきしょうっ、俺の料理をバカにしやがったな！」

いきなり玄が叫んだ。鬼のように目が吊り上がっている。

「お前さんの顔なんぞ、二度と見たくねぇ！」

そのまま店を飛び出していく。

（父さんの顔なんて、二度と見たくない）

自分の声が脳裏に響き渡った。父親が亡くなる直前に放った言葉……。

「玄さん、待って！」

剣士は急いであとを追ったが、すでに姿は見当たらない。

どこに行ったんだ。玄が行く当てなんてないはずなのに。

階段の多い路地裏を駆け抜け、メイン通りに出て玄を探す。

——まさか、このまま二度と会えないなんてことはないよな。そしたら玄と翔太を同時に失ってしまう。そんなの絶対に耐えられない！

どうしても湧いてくる不穏な考えを、なんとか抑えながら坂道を下り続ける。『毘沙門天・善國寺』、『不二家』など、玄が気に入っていた場所に寄ってもみたが、どこにもいない。

もしかして小石川に行ったのか？　『紫陽花亭』は、玄が唯一自力でたどり着けた場所だ。子孫と話したいとも言ってたし、可能性は高い。でも、また玄が風間家に現れたら、水穂たちは翔太がおかしくなったと心配するだろう。それだけは阻止しなければ。

剣士は膨らみを増していく不安の影を抱え、全速力で小石川へと向かった。

◆

「玄さん！」

案の定、玄は紫陽花亭の入り口前に座り込んでいた。

『本日閉店』の板がかかった木の扉。その上には、『嘉永六年創業　紫陽花亭』と木彫りされた、いかにも歴史のありそうな看板が掲げられている。玄は前髪のひと房だけ白い頭を垂れたまま、ゆらゆらと船を漕いでいる。

「やっぱり、ここにいたんですね」

「……剣士か。ずっと待ってるのに誰も出てこねぇよ。俺はもう、力尽きちまったぜ……」

吐く息からアルコール臭が漂ってくる。家でずいぶん飲んでいたようだ。

「うちに帰りましょう。玄さんの提案、ちゃんと考えますから」

「おぅ……」

「玄さん。あれ？　玄さん？」

肩に手をかけると、すぅ、と寝息の音がした。

なんだよ、こんなとこで熟睡しちゃったのかよ。玄は酒に飲まれるタイプなんだろうな。翔太はいくら飲んでも変わらないのに。

──でも、無事でよかった。本当に、よかった……。

安堵の余り、玄の隣に座り込む。スマホを取り出すと、録画はすでに止まっていた。家を飛び出す際にスマホを乱暴に摑んだため、スイッチがオフになったようだ。

「……お雪さん……俺の膳を……」

いきなり玄が寝言を呟《つぶや》いた。よっぽどお雪に自分の料理を食べてほしかったのだろう。そのささやかな夢は、残酷な武士によって、永遠に潰《つい》えてしまったのだ。不憫《ふびん》だな、とあらためて思う。

ふわりと秋めいた風が通り抜けていく。陽が沈みかけているので肌寒い。

着ていたパーカーを脱いで、眠りこけている玄の肩にかけた。

──あれ？　寝た、ってことは……。

起きたら翔太に戻っちゃうじゃないか！

マズい、マズいぞ。絶対に実家には行きたくないって言ってたのに！

あわあわする剣士の前で、玄の白い前髪が栗色に変わった。ゆっくりと瞼《まぶた》を開き、周囲を見回す。

「……なんでオレが、ここにいるんだ？」

低い声に怒りを滲《にじ》ませ、翔太が立ち上がった。剣士も飛び上がる。

「すまん！　これには事情が……」

「また玄がやらかしたのか」

「そうなんだけど、それは僕のせいでもあって、あの、その……」

どこから話せばいいのかわからず、うまく口が回らない。

「……寒い。着物にふんどしで外に出たんだな。最悪だ。オレはもう、耐えられそうにない」

「あ、パーカー」

落ちてしまったパーカーを拾い上げて、翔太に羽織らせる。

「ありがとう。とりあえず帰ろう。一秒たりともここにはいたくない」

翔太は早足で歩きだす。剣士もそれに続こうとしたら、背後で下駄《げた》の足音がした。

後ろを向いた瞬間、「あっ」と声が出てしまった。

最悪だ。翔太の父・風間が仁王立ちをしている。

胡麻塩の角刈り風で着流し姿。往年のヤクザのような、威圧感のある風体の人だ。

「翔太。一体なんの用なんだ。何度もうちに来て」

「何度も？」

翔太が怪訝そうに振り返る。玄が昼間もここに来たことを、彼はまだ知らないのである。

「それはあの、翔太の意思じゃなくて、僕が強引に連れてきたというか」

横からフォローしようとした剣士だが、翔太は「ここに用などない」と冷ややかに言い返す。

おそらく、七年ぶりの親子対面。

なのに、ふたりのあいだで見えない火花が、バチバチと飛び交っている。

「水穂から聞いたぞ。剣士くんと店をやるんだってな」

野太い声を響かせた風間が、鋭い視線を放つ。

「だからなんだ」

翔太も睨みを利かせている。

あのー、できれば親子ふたりだけでやってほしいんですけど……。

隠れることもできずに縮こまっていたら、風間はいきなり剣士に視線を移した。目つきの鋭さに身体が萎縮する。

「剣士くん」

「は、はい」

「うちの放蕩《ほうとう》息子が何を言ったのか知らんが、よく考えたほうがいい。店の経営は甘くないぞ。素人が安易に手を出すもんじゃない」

厳しい言葉だった。何も言い返せない。

「余計なお世話だ。あんたには関係ないだろう」

言い返したのは翔太だ。声に怒りが滲んでいる。

「剣士、行くぞ」

また歩き出した翔太の背に向かって、風間が言った。

「つきみ茶屋をありがちなワインバーに変えるのか。まあ、お前にはお似合いだ。老舗の割烹なんて、遊びで続けられるわけがないからな」

「独断的で頭が固い。話す気にもなれない」

振り向きもせずに翔太が吐き捨てる。

「今のうちに言っておく。ワインバーなんて三ヵ月ももたないぞ」

風間は、はっきりと言い切った。

「うるさいな。そう思いたいだけだろ」

翔太は一蹴して歩いていく。

まるで、かつての自分を見ているようだった。亡き父に反抗していた頃を彷彿《ほうふつ》とさせ、胸が苦しい。

思わず剣士は、風間に話しかけてしまった。

「あの、ワインバーじゃなくて割烹のままにするかもしれません。まだ検討中なんです」

「なに？」と翔太がこちらを見たが、剣士は風間から目を離さない。

「『老舗の暖簾は守るものじゃない、育てていくものだ』。風間さんの言葉だって、水穂さんから聞きました。それが心に残ってるんです。そこに掲げられた紫陽花亭の看板。代々続く店の風格を感じます」

剣士の言葉で、翔太が年季の入った看板を見つめている。

「うちにも、まだ使える看板用の暖簾があるんです。両親が大事にしてたものだから、捨てちゃうのも忍びなくて……。あの割烹をどうしていくのがいいのか、僕なりに考えてみます。本気で来る人によろこんでもらえる店をやりたいんです。若輩者ですが、どうかよろしくお願いします」

本心を述べ、深々と頭を下げる。

束《つか》の間《ま》の沈黙のあと、風間は少しだけ声を和らげた。

「ご両親のことは本当に残念だった。つきみ茶屋は評判のいい店だったからな。だが、その店を生かすも殺すも君の判断次第だ。飲食店の経営は、仲間同士のお遊びでもサークルでもない。ビジネスだ。くれぐれも甘く考えないことだな」

ニコリともせずに、彼は家の中に入っていった。

ふー、と剣士は息を吐く。

ここ数日いろんな問題が起きすぎて、頭の中が整理できずにいた。それでも、どうにか解決して未来を切り開いていかねばならない。

「おい、割烹のままにするかもって、どういう意味だ？」

翔太が詰め寄ってくる。

「ありがちな店、とか、どうせお遊びでやるんだろう、なんて言われたくないんだ。だから、もう少し僕らの店について考えたいんだよ。帰ったらミーティングしよう。今日何が起きたのかも、ちゃんと説明するよ」

「……わかった。親父が不愉快な思いをさせて悪かったな」

「いや、むしろ闘志が湧いてきた。あれはきっと、新米の僕らへの叱咤《しった》激励だよ。僕は、風間さんに認められる店にしたい。あの人は飲食店経営の大先輩だ。見習うべきところも多いと思う。翔太だってそう思わないか？」

「さあな。考えたくない。……でも、剣士は前向きだ。そこは見習いたいよ」

「前だけ見ようって僕に言ったのは、翔太だよ。マジで頼りにしてるから」

「失望させないようにしないとな」

翔太がいつもの穏やかな表情を取り戻してきた。

「冷えてきたね。早く帰ろう」

剣士は着物にパーカーを羽織った翔太と、急ぎ足で神楽坂へ戻ったのだった。

◆

「まず、わかったことから報告するね」

二階の居間で、普段着に着替えた翔太とテーブル越しに向き合う。

「やっぱり玄さんは、翔太の先祖だと思う」

「証拠があったのか？」

「証拠というより伝承かな。録音しておいたから聞いてみて」

スマホをテーブルに置き、水穂との会話を再生する。

初代の記録は火事のせいで残っていないことや、店の料理人が毒殺されたという伝承、老舗の暖簾を守る話まで、翔太は身じろぎもせずに耳を傾けていた。

「——なるほど。武士に殺された料理人か。物騒な話だが符合はするな」

「玄さんも『紫陽花亭』を見て感動してた。庭の松が同じだ、ここは子孫が守ってきた店だって。あの人、自力で店まで歩いてきたんだよ。鳩《はと》並みの帰巣本能だよね。予想不可能でマジ困るよ」

「剣士。困っている割には楽しそうだな。玄が気に入ったんだろ」

いきなり言われてドキッとした。

振り回されるのは本当に困るのだが、どこかで玄を面白がっていることも確かだったからだ。

「気に入るもなにも、身体は翔太なんだからさ、無下になんてできないよ。性格はぶっ飛んでるけど」

「つまり、玄と一緒にいるのが嫌じゃないんだな」

「……そうかも。いろいろ勉強になるところもあるし」

正直に告げたら、翔太はふう、と息を吐き、悩まし気に髪をかき上げた。

「お前は押しに弱いところがあるからな。このままだと玄に肩入れしてしまいそうで、少し心配だ」

「あのさあ、嫉妬する恋人みたいなこと言わないでよ」

ジョークめかして言うと、翔太は伏し目がちに「そうだな」と小さく答えた。どことなく寂しそうに。

「大丈夫だって。金継ぎが完成するまでの辛抱だ。今日確認してきたんだけど、十日くらいで仕上がるそうだ。思ってたよりも早く修復されそうだね」

「あと十日か……」

「それまでは、できるだけ玄さんの好きにさせてあげたい。だってあの人、武士に騙されて殺されたんだよ。短いあいだだけでも今を謳歌《おうか》してほしいって、思っちゃったんだよね」

「あのな、剣士」

シャツの腕を組んだ翔太が、真剣な眼差しを注ぐ。

「修復した盃でオレが酒を飲んでも、玄が封印される保証なんてないんだ。もしかしたら無駄骨になるかもしれない」

それは、剣士にもわかっていた。

金継ぎで修理すればどうにかなると、楽観的に考えようとしていただけだ。

「無駄だった場合、オレはずっと憑依されたままだ。玄と入れ替わり続けることになるんだよ」

――この先もずっと、ふたりが入れ替わり続ける。

翔太の言葉が、剣士の肩に重くのしかかった。

「だから、最悪のケースも想定しておく必要があると思う。玄は何をしでかすかわからないだろ。剣士がつきっ切りになっていたら、ワインバーの経営どころではなくなるぞ」

「確かに、そうなんだよね……」

こちらの都合はお構いなしで動く玄。ずっと翔太に取りついたままなのだとしたら、どうすればいいのか皆目わからない。

「今ここで考えても答えは出せない。ただ、スルーしておくわけにはいかないよな。……ところで、玄はなぜ二度も小石川の家に行ったんだ？　オレは朝二度寝して、目覚めたら実家の前で座り込んでいた。何が起きたのか詳しく教えてくれ」

翔太に問われて、「動画を撮ってあるんだ」と再びスマホを操作する。

箱膳料理を撮った動画。その料理を剣士が食べたあと、洗い物中に玄と会話し、玄が店を飛び出していくところまでが音声で記録されていた。

「――何を言ってるんだ、この男は」

動画が終わるや否や、翔太が怒り声を出す。

「ひと言で言うなら、粗暴で非常識。厚かましいにもほどがある。剣士も剣士だ。玄の料理を食べて、よろこばせるようなリアクションをして。だからアイツは図に乗るんだよ」

「そう、かもな」と同意してみせたが、決してわざとよろこばせたわけじゃない。ごく自然な反応だった。

だが、翔太が怒るのも理解できる。自分の身体なのに自分の意思とは相反する玄の言動は、目に余るものがあるに決まっている。

「箱膳の江戸料理？　つきみ茶屋を復活させたい？　剣士にダメ出しされて店を飛び出すって、駄々っ子かよ」

「そうだね。玄さんは子どもみたいだ。自分の気持ちに正直で、何に対しても純粋で」

そう答えると、翔太は不服そうに眉をひそめた。

「……玄を庇《かば》うのか」

「庇ったわけじゃないよ。思ったことをまんま言ってるだけ」

「わかったぞ」

翔太は刺すような眼差しを向けている。

「だから親父に言ったんだな。つきみ茶屋を割烹のままにするかもしれない、どうするのか検討中だと。剣士、やっぱり玄に押されたんじゃないか」

「いや、そうじゃないよ」

「では、なぜあんなことを言い出したんだ」

「ここ数日、いろんな人の話を聞いて、僕なりに考えたことがあって。確かに突然だったし悪いと思ってる。だけど僕らの未来に関わる問題だから、フラットに聞いてほしいんだ」

誤解などされないように、真摯な態度で話を始めた。

「玄の料理はシンプルで地味だ。翔太の洗練された料理とは正反対だよ。箱膳だって古臭い。だけど、それがむしろ新鮮で、特別感があるように感じたんだ。江戸の料理や文化について、もっと知りたくなった」

翔太は、だからなんだ？　とでも言いたげに首を傾げている。

「でね、あらためて思ったんだ。古民家風のカフェ、イタリアン、フレンチ、バー。この街にはかなり増えたよね。そんな中で、僕らの店はどう差別化すればいいのか、もっと考えないとなって。逆に、昔ながらの店はどんどん消えつつある。だったら、箱膳の江戸料理を出す店で、つきみ茶屋の看板を残すのもアリかもしれない。そうすれば改装費だって抑えられるし、それに……」

僕が店を継ぐのは、うちの両親の本望だろうから。

とはセンチメンタルすぎて言い出せなかったので、「常連さんも戻って来てくれるかもしれない」と続け、スマホ動画に映る箱膳を指差す。

「これだと華がないから工夫が必要だろうし、演出も考えなきゃいけない。もちろん、翔太が反対するならこの案はやめるよ。でも、玄さんが動画で言ってた通り、翔太にも江戸料理を食べてみてもらいたいんだ。駄目かな？」

答えは返ってこない。翔太は顎に手を添えて考え込んでいる。

「急にこんなこと言ってマジ申し訳ない。だけどさ、玄さんがずっと居続ける可能性があるなら、彼に協力してもらわないと店ができなくなる。なるべく穏便に事を進めたいんだ。彼の料理を食べて、率直な意見を聞かせてほしい。駄目なら僕が玄さんを説得するから」

精一杯、自分の気持ちを伝えたつもりだった。

黙って聞いていた翔太が、目を合わさずにぽつりと言った。

「ちょっと考えさせてくれないか。展開が急すぎてついていけない」

「……だよね。僕と違って、翔太は目覚めるたびに状況が変化してるんだから、混乱するだろうし腹も立つと思う。それでも冷静に対応してるのがスゴイよ。僕だったらもっとパニクってるね、絶対」

心の底からそう思った。翔太は自分よりよっぽど肝が据わっている。

「オレは風呂に入りたい。出たらすぐ寝る。次に起きたら墓参りに行く。玄がそこに埋葬されていなくても、とりあえずやれることはやっておく」

不安になるくらい、抑揚のない言い方だった。

「だったら僕も一緒に行くよ。神頼みだろうが何だろうが、僕もやっておきたい」

「いいよ。これはオレの先祖の問題だ。墓にはひとりで行きたい」

明らかに声のトーンが低い。気を悪くさせてしまったのかもしれない。

「翔太。僕は翔太と店をやりたいんだ。玄さんが現れてから調子が狂いっぱなしだけど、彼の意見に流されてるわけじゃないよ。どんな店にするのか、じっくり検討したいだけで」

「いいから……」

「え？」

「いいから少し黙っててくれ！」

翔太が大きく叫ぶ。初めて聞く強い怒声だ。

驚きのあまり、剣士は硬直する。

「……お前には、オレの気持ちがわからないのかもな」

冷ややかな声が、剣士の心を鋭く貫く。

「自分の中に違う男の魂が宿っている。オレが知らないうちに、オレの身体で勝手なことをされるんだ。そんな非現実的な出来事、誰にも理解してもらえないだろう。もう、頭がおかしくなりそうなんだよ」

苦し気に吐露する翔太を、直視することができない。

「少しだけ、ひとりで考える時間をくれ」

そう言い残して、翔太は居間から出ていった。

追いすがりたかったが、どんな言葉をかければいいのかわからない。

——ああ、一体、どうしたらいいんだ……。

途方に暮れた剣士は、部屋中に視線をさまよわせた。

翔太の座布団の横に、何かが置いてあることに気づいた。カバーをかけた本だ。手に取ってみたら、有名シェフによるレストラン向けのレシピ集だった。付箋がいくつも貼ってある。ワインバー開業のために、洋風メニューの研究をしていたのだろう。

それなのに自分は、玄の江戸料理を試してほしいと言ってしまったのだ。翔太からすれば裏切られたのも同然だ。

……喉元が苦しくなってきた。

罪悪感というどす黒い靄が、口からこぼれ出そうになっている。

ごめん、翔太。こんなに努力してくれてるのに、水を差すようなこと言って本当にごめん。でも、絶対に裏切ったりはしない。どうにかしてこの難題を一緒に乗り越えよう。

剣士は立ち上がり、遺影を置いた棚の前に立った。

父さん、母さん。どうか力を貸してください。

遺影に向かって手を合わせてから、重い足取りで自室へと向かう。

今日一日の疲れが、どっと押し寄せた。

布団に倒れ込んだ途端、意識が遠のいていった。

◆

「……剣士。おい、剣士」

枕元に座る誰かから、肩に手を置かれて飛び起きた。

「玄さん！　……じゃない、翔太。どうした？」

前髪が栗色だった。シャンプーの香りがする。タオル地のガウン姿なので、風呂上がりのようだ。

同じ身体を共有するふたつの人格。ややこしくて混乱する。

「寝落ちしただろ。寝間着に着替えたほうがいいぞ」

「あ……そうだね。歯も磨いてなかった」

わざわざ起こしに来てくれたのかと思ったら、翔太は「さっきは済まなかった。答えを出したよ」と真剣な表情で言った。

「玄に伝えてくれ。味見するから、とっておきの料理を作ってほしい、と」

「ああ。次に起きたらアイツになっているはずだから、今のうちに言っておく。起こして悪かった」

「えっ、マジで？」

「いいよ、大事なことだから」

剣士は布団の上で正座をし、翔太と向き合った。

「湯舟に浸かりながら考えたんだ。オレと玄は、これからも共存を余儀なくされるかもしれない。もちろん、金の盃で封印できるかもしれないし、アイツが何かに満足して成仏する可能性もある。でも、先はまったく読めないよな。ならば、どんな方向になっても対応できるようにしておく必要がある」

うんうん、と何度も頷く。

「いろいろ考えた結果、玄の心残りを解消させるためには、ヤツの提案を受け入れざるを得ない、という結論に至った。それに……」

「それに？」

「昔ながらの箱膳で、江戸時代の料理を提供する。オレたちは和装で仕事をする。そのアイデアは悪くないと思えた。剣士の言う通り、他店との差別化もできる。厳選した食材を使って、土鍋で炊く飯ものをウリにするのもいい。デリバリー用の弁当にしてもイケそうだ。オレが江戸料理を再現できれば、だけどな」

「翔太ならできるよ、絶対に。だって、和食も得意じゃないか」

「いや、もっと勉強しないと駄目だ」

翔太が表情を引き締める。

「それから、剣士が言った通り、玄の箱膳料理は素朴すぎるよな。定食屋ならいいかもしれないが、神楽坂の割烹で出すにはブラッシュアップが必須だ。たとえばだが、食材や調味料に現代のものを少し加えるとか、盛りつけにも趣向を凝らすとか。あとは……」

「なに？」

「江戸時代って季節行事が盛んだったはずなんだ。春なら花見やひな祭り、夏なら花火や夕涼み。秋は月見や紅葉狩りなんかもあるよな。そんな行事食を再現してみる、とかな」

「いいね！　すごく独創的になるかもしれない」

やはり翔太は切れ者だ。非常に頼りになる。

「酒だってそうだ。合わせるのは剣士の得意なワインでいいのか。それとも、江戸からある日本の酒がいいのか。お前、日本酒にも明るいよな？」

「いや、ほんの少しだけだ。でも、興味はあるから勉強するのは苦じゃないよ。必要なら玄さんにも教えてもらう」

ふむ、と翔太は腕を組む。

「とは言え、まずは味見が先決だな。明日は何かテーマを決めて、それに合う料理を作ってほしい。季節行事にまつわる料理が理想だ」

「テーマか……。そこは玄さんと話してみるよ」

「では、玄に箱膳を用意してもらって、できればすぐにオレとチェンジしてもらいたい。ヤツは酒を飲むと寝落ちするタイプのようだ。そこは剣士に誘導してほしいのだが、頼めるか?」

「了解、やってみるよ。なんか楽しみになってきた」

翔太が前向きに考えてくれた。それが無性にうれしい。

「実はオレもな、親父に言われたことが癪《しゃく》に障ったんだ。老舗の割烹なんて、遊びで続けられるわけがない、とかぬかしてたよな。ふざけんな、だったら本気で割烹をやってみせる! と思ってしまった」

気持ちは痛いほどわかる。自分も同じように感じていたからだ。

「……だが、そんな表層的な理由でやってもうまくいくわけがない。オレが玄の料理で勝負できると思えるかどうか、明日判断させてくれ」

「わかった。今夜は早く休んで明日に備えよう」

「だな。オレが夜中に起きないように、ずっとヒーリング音楽をかけておく」

じゃあ、と出て行こうとした翔太に、「あのさ」と声をかけた。

「ん？」

「いろいろありがとう。翔太にはマジ感謝してるんだ」

正座したまま頭を下げる。

「今さらなに言ってんだ」

翔太はふわっと微笑み、白い歯を覗かせた。

「こっちこそ感謝しているよ。この先なにがどうなっても後悔しないように、ベストを尽くそう」

長めのガウンを翻らせて、翔太が部屋から出ていく。

その後ろ姿を眺めながら、剣士は玄によって生まれた店の新たな可能性に、微かな希望を抱いていた。

……そうだ、うちに何が生えてるのか、ちゃんと把握しておこう。

寝床で浮かんだのは、これまで無関心だった庭のことだった。

第4章「ハレの日の菊料理と栗ご飯」

翌日の午前中。

剣士は玄と店内の掃除をしながら、翔太の伝言について話し合っていた。

「――もちろん作るさ。せっかく子孫が食ってくれるんだからな。だけどよ、俺はお前さんの言葉を忘れねぇぜ。俺の料理は華が足りねぇってか。はぁぁん、よくも言ってくれたもんだよなぁ。料理ってのは味だろ。素材まんまの味と、まんまの見た目が大事なんだよ。華とかにこだわってばっかだから、無駄が増えるんじゃねぇのかい？」

和服に前掛け、頭には鉢巻きをつけた玄が、そこらじゅうを布拭きしながら、ねちねちと文句を言う。相当根に持っているようだ。

「今の料理はごってごてだもんなぁ。素材がなんだかわからんくらいにな。天然じゃねぇ調味料も入れっから、舌だって痺れちまう。なんでも入れすぎ混ぜすぎの見栄《みえ》っ張《ぱ》りなんだよ。そんなつまらん見栄なんざ、本当に旨い料理にはいらねぇと思うぜ、俺はな」

「でもね、玄さん」

余りにもしつこいので、はたきの動きを止めて反撃にでることにした。

「料理屋って、ただ美味しいものを食べるだけじゃなくて、見た目とか雰囲気とかも含めた、ハレの気分を味わう場なんじゃないですか？　日常から離れて楽しみたい人、多いと思うし」

「ハレだとぉ！　なんと生意気な。俺に意見するなんざ百年早いわ」

百年以上も前に生きた玄が、口を尖らせる。

「……まあでも、ハレとケってのは江戸でも大事にしてたわな。普段のケの日は粗末な食卓でも、特別なハレの日にゃご馳走を並べたりしてよ。祝い事とか季節の行事とかかな」

「それですよ！　季節行事！」

ここぞとばかりに賛同したが、玄は「お雪さんの客に届けてたのも、ハレの膳だったなぁ。鯛《たい》の尾頭つきとかよ……」と遠い目をしている。

「ねえ玄さん、季節行事の料理を作ってくださいよ。九月だと何がいいですかね？」

壁にかかっている日めくりカレンダーを指差しながら訊ねたら、カレンダーを見た玄は「重陽の節句だな」と即答した。

「ちょうよう？」

「お前さん、ものを知らなすぎるんじゃねぇかい。重陽の節句は〝菊の節句〟とも呼ぶ。無病息災を願う五節句のひとつだよ」

「あー、桃の節句、とかの節句？」

「なんで桃は知ってるのに菊は知らねぇんだよ。いいか、節句ってのは季節の節目に当たる日で、一年に五回あるんだ。一月七日は〝七草の節句〟、三月三日は〝桃の節句〟、五月五日は〝菖蒲《しょうぶ》の節句〟、七月七日は〝笹《ささ》の節句〟。そんで、九月九日が〝菊の節句〟だ。幕府が認めたハレの日さ。今じゃ廃れちまったのかい？」

「ですねえ。菊の節句以外は、なんとなく残ってるけど……」

「嘆かわしいなぁ」と玄が悲しそうな声を上げるので、剣士も申し訳ない気持ちになってくる。

「もうすぐ九月九日だろ。秋の収穫祝いも兼ねた菊の節句だ。その日は菊をたんと食うんだよ」

「菊の花、ですか？」

「おぅよ。菊は延寿の力がある薬草だからな。花びらを浮かべた〝菊酒〟も飲むわな。あとは秋茄子《なす》と栗ご飯が行事食だ。それから〝被《き》せ綿〟な」

「きせわた？」

「菊を飾って綿をかぶせとくんだよ。露《つゆ》や香りを含んだ綿で身体を清めると、長生きできるのさ。菊を浮かべた風呂に入るのも定番だわな」

「面白い！　それ、めっちゃいいです」

剣士は思わず前のめりになっていた。

「玄さん、菊の節句にまつわる箱膳を作ってくださいよ。翔太にも食べてもらいましょう。僕たちが知らない江戸時代の食文化を、ぜひ教えてください。お願いします！」

「……ま、そこまで頼まれちゃあ仕方ねぇな」

玄がドヤっている。ちょっと癪ではあるが、菊の節句には本気で興味が湧いていた。

「欠かせないのは、菊・秋茄子・栗の三つだ。あとは旬の食材で考えてやるよ。まずは市場だな。剣士、連れてっとくれ」

いかにもうれしそうに、いそいそと前掛けを外す。

剣士は食用菊を扱っている店を検索し、普段は行かない高級スーパーへと向かった。

◆

食材を買い込んで帰宅すると、玄は早速料理の支度を始めた。まな板で魚を調理している。さすがプロ、手つきが素早い。

「いいか、魚の切り身は冷えた煎茶で洗う。しばらく置いてから、布で水分を拭きとるんだ。茶葉には臭みを減する効果があるからな。このひと手間で味が変わるんだよ」

などと、いちいち解説しながら作業を進めていく。剣士は全てを記録して翔太に見せるため、玄の手元にスマホを寄せ、動画を撮っていた。

「お前さんも、たまには手伝っとくれ。材料を切ってほしいんだよ。包丁も板もたくさんあるだろ」

何気なく促した玄に、剣士はやや尖った声で返答する。

「前にも言ったと思うけど、僕、刃物が持てないんです。子どもの頃、包丁で大怪我してからずっと苦手。だから料理人にはなれなかったんですよ」

ほら、と手の平にまだ残る傷跡を見せた。

「そうだったな。でもよ、本当に災難だったなぁ。割烹の跡取りが包丁握れねぇとはなぁ」

のんびりと言う玄に、剣士は「玄さんだって、盃が怖いなんて災難ですよね。酒飲みなのに」と言い返す。

「まったくだ。こりゃ一本取られたな。でもよ、俺はだいぶ盃に慣れてきたぜ。ここの棚には盃がたくさんあるからな。いちいち怖がってなんかいられねえ。いつか酒だって飲んでやるぜ。盃でぐいっとな」

「ってことは、まだ盃が苦手なままなんですよね。玄さん、強がりだなあ」

「まあ、そうなんだけどよ。そのうち苦手なんてなくしてやるさ」

玄は心の底から楽しそうだ。チビチビとコップでビールを飲みながら、料理を作り続けている。

彼が握る包丁を見て、はたと気がついた。

見るだけで恐ろしかった刃物なのに、その恐怖が緩和されている。握るのはまっぴらごめんだが、こうして眺めている分には問題ない。

気づかないうちに、僕も刃物に慣れてきてたんだ……。

剣士は自分の心境の変化を、はっきりと意識した。

「生きてるってのは、楽しいもんだねぇ」と玄が小さく笑った。

「こうして料理なんぞしてっと、しみじみ思うわ。今は暮らしやすくていいねぇ。便利で豊かでさ。ごちゃっとしすぎてっけどな、まぁいい時代だよ」

「かもしれませんね」

本当はいい時代かどうかなど判断できないのだが、少なくとも、玄が生きた幕末の日本よりは、遥かに暮らしやすいのだろう。文化は薄れてしまったけれど。

「俺はよ、毒見でお偉いお武家様を救ったんだ。あの頃は尊王攘夷《じょうい》とかさ、きな臭《く》せえ動きが盛んになってたからな。俺の命が少しでも世のためになってよ、未来の礎《いしずえ》になったんなら、まあいいじゃねぇかって思えるさ」

晴れやかに言われた瞬間、剣士は身を固くした。

事実は武士を救ったどころか、無差別殺人の被害者だったのだ。

しかし、そんなことは口が裂けても言えない。

「さっき市場でよ、家族連れが何組もいたじゃねぇか。お父っつぁん、おっ母《か》さん、子どもたち。いいよなぁ。俺もさ、所帯持って家族と暮らしたかったよ。料理作って子どもと遊んで、みんなで並んで寝てよ。かかあがお雪さんだったら、最高だったんだけどなぁ」

忙しくしていた手を止めて、視線を遠くに定めている。

幻と化した妻子との暮らしを、想像しているのかもしれない。

いくら望んだとしても、もう手に入らない、ごく平凡な幸せ——。

胸が締めつけられた剣士の口から、自然に言葉が溢れてきた。

「僕らが今、豊かに暮らせるのは、玄さんのお陰ですよ。本当にそう思います」

「へへ。言うほどのことはしてねぇけどな」

いや、していたのだ、と真剣に思う。

二十七歳で強制的に生きる道を閉ざされ、百七十年もの月日を経て、再び舞い戻って来た江戸の料理人。もしも幕末の偉人が主役の歴史ドラマだったら、ほんの脇役として一瞬で消える人だったかもしれない。

だけど……。

日本の文化を守り、商売の基礎を築いた玄のような人々こそ、歴史の名も無き功労者だ。遥かな過去から積み上げてきた、人間のささやかな毎日の営みが、今の豊かな暮らしへと繋がっているのだ。

きっと自分もそうだ。名前など残せない小さな存在だろうけど、毎日を丁寧に暮らすことが、遥か未来の繁栄に繋がっていく。なぜか、そう素直に信じられる。

そんな風に思えるようになったのは、玄のお陰だった。

しばらくして、菊の節句にまつわる玄の料理が、ほぼ完成に近づいた。

「――あとは盛りつけるだけだ。説明しとくからよ、翔太に食わせとくれ。お前さんも味見しておきな。俺は強い酒でも飲んで寝ちまうわ」

剣士が誘導するまでもなく、玄はブランデーを飲みだす。

そして、剣士に段取りを伝えたあと、座敷に横たわって目を閉じた。

……かと思ったら、「そうだ、剣士」とこちらを見る。

「翔太だけじゃなくてよ、たとえば蝶子とか水穂とか、女子《おなご》にも食ってみてもらいてぇな。お前さんも女子を意識したいって言ってたけど、その通りだ。女子に人気の店は長く続くんだよ。江戸の料理が今も受け入れられるのか、なるべく多くの声を聞きてぇな。それで駄目だってんなら、俺はきっぱり諦めるわ」

「わかりました。翔太にも伝えておきます」

「おう、頼んだよ」

再び横たわった玄が頭のねじり鉢巻きをほどき、その手ぬぐいで目を覆う。

動きを止めた彼を見て、ふと悪寒のようなものが走った。

このまま永遠に目を覚まさない、なんてことはないよな……。

うまく進んでいるようではあるが、剣士はどうしても消せない不安を抱えていたのだった。

◆

やがて目覚めた彼が、手ぬぐいを外して起き上がった。前髪の一部が白から栗色に戻っている。無事に起きてくれてよかった、と胸を撫で下ろす。

「翔太、用意できてるよ」

「おお。——オレはまた着物にふんどし姿か。だんだん慣れてきているのが我ながら怖いよ」

身体を起こして座布団に座る。その前には剣士も使った骨董の箱膳が置いてある。

セットされているのは木製の箸のみだ。

「箱膳か。こうして改めて見ると、妙に新鮮だな」

「でしょ。僕もそうだった」

「で、テーマは何にしたんだ？」

「もうすぐ九月九日だから、無病息災と秋の豊穣《ほうじょう》を祝う〝菊の節句〟にした」

「五大節句のひとつか。テーマ的には悪くないな」

「うん、僕もそう思ったんだ。菊の節句は、菊の花と秋茄子、それに栗ご飯が行事食らしい。今回は、玄さんが考案してくれたハレの膳だ。ハレって言っても一汁三菜だけどね」

「十分だ。菊の花を食べる祝い膳なんて、今ではほぼないだろうからな」

「順番に出すから待ってて」

剣士は玄に指示された通り、黒い瀬戸物の酒器と盃を運んだ。

直径二十センチほどの丸い酒器の中身を、翔太に見せる。

「まずは菊酒からどうぞ」

冷酒に菊の花びらをふんだんに浮かべた菊酒。

澄み切った清酒の上で、鮮やかな黄色い花びらたちがたゆたっている。

「なるほど、これが菊酒か。見た目のインパクトが強くていい」

酒器の注ぎ口から盃に菊酒を注ぐ。それを飲んだ翔太が、「悪くないぞ」とつぶやく。

「ほのかな菊の香りで、冷酒に特別感が加わったな。花びらで飲み心地が損なわれるのが難点だが……。茶こし、いや、急須のようなもので提供できたら、花びらが入らず飲みやすくなりそうだ。それから……」

翔太はどんどんアイデアを出し、それを自分のスマホにメモし始めた。

続いて、剣士は小鉢を箱膳に置いた。

「一品目は、〝菊の花びらと蔓紫のおろし和え〟だ。この蔓紫はうちの庭に生えてるものを使ったんだ」

菊の黄色、蔓紫の緑、大根おろしの白。三色のコントラストで見た目もなかなか映えている。

「――ふむ。三杯酢《さんばいず》で味つけしてあるのか。菊も蔓紫も苦みがあるから、もう少し工夫があるといいかもしれない。蔓紫の粘りは、大根おろしによく合うのだが……」

再びメモをする翔太の箱膳に、二品目を置く。

「これは〝秋茄子の蒲焼もどき〟。何かに似せた〝もどき〟って、江戸料理の定番らしいよ。それこそ、〝雁《がん》もどき〟とか〝豆腐の鰻もどき〟とかね」

豆腐の鰻もどきは、玄が最初に作った料理だ。グルメブロガーのタッキーと一緒に食べたことを思い出す。

そして、今回の蒲焼もどきは、ヘタのついた茄子を皮ごと炭火でこんがりと焼き、焦げた皮を剝いて縦四つに割いてから、甘辛い鰻のタレで香ばしく焼いたものだった。横に菊の花が飾られている。

「粉山椒を好みでかけて食べてくれ、って」

「わかった」

山椒を振りかけてから、翔太が茄子に箸を入れる。

「ヘタがついたままだと食べにくいな。かぶりつくしかないか」

嚙《か》んだところから、秋茄子の汁がしたたり落ちる。

「……んー、なんかもったいない味だな。あっさりし過ぎている。もっと美味しくなる方法があるはずだぞ」

「そうなんだよね。ウマくないわけじゃないんだけどさ」

「ああ。手を加えたくなる。というか、調理法を変えたくなるな」

考え込み始めた翔太に、「次の料理を出すね」と告げて厨房に向かった。

三品目は、〝牛肉の味噌漬け〟だった。

こんがりと焼いた味噌漬けが、食べやすくスライスされている。添え物はやはり、菊の花だ。

「牛の赤身か。江戸でも野獣の肉は食べていたようだな。殺生を戒《いまし》める仏教の影響で、長く禁じられていたようだが」

「そうなんだって。獣肉の専門店もあったみたい。この牛肉の味噌漬けは、彦根《ひこね》藩から将軍家に養生用の薬として献上されてたらしいよね」

「有名な話だよな。表向きは禁止だったから、薬ってことにして食べていたと聞いたことがある。ってことは、玄にとってこれは、本当にとってのおきのご馳走だ。ありがたくいただこう」

ひと口食べて、「旨い」とつぶやく。

「玄は隠し包丁で肉を柔らかくする技術に長《た》けているな。火入れのテクもありそうだ」

「そうそう、もう冷めちゃったけど、焼きたてはマジでウマかったよ」

嚙むたびにジュワッと旨みが溢れる肉。質の高い和牛の赤身を使用したのだが、肉は火の入れ加減で味が変わってしまう。玄の加減は絶妙だった。

「しかし問題がある」と翔太が言い出した。

「残念ながら、現代における牛肉の味噌漬けは、いつでも食べられるポピュラーな料理になってしまった。祝い膳のメインとして考えていいのか、迷ってしまいそうだ」

「実はね、玄さん的にはこれがメインじゃないんだ。次の汁物を一番味わってほしいみたいなんだよね。すぐ用意するから」

剣士は厨房の鍋を火にかけた。あらかじめ作ってあった味噌汁だ。その中に具材を投入し、沸騰する前に火を止める。漆椀によそって蓋をしてから箱膳に運ぶ。すべて、事前に玄から指示されていた手順だった。

「この香り。魚出汁の味噌汁か？」

「当たり。味噌は信州味噌に赤味噌を足したものだって。いろいろ試してブレンドしたみたい。飲んでみてよ」

蓋を開けてもう一度香りを楽しみ、翔太は味噌汁を味わった。

「……マグロのトロか」

「そう。〝トロのから汁〟。具はトロだけで、それ以外は空だから〝から汁〟って言うらしいよ。当時の一般的な食べ方だ。トロは腐りやすいから生では食べなかった。鍋とか汁物にしてたみたいだね」

最初に玄が現れた時、窓の外にトロをほうり投げたことを思い出す。

まだ数日前の出来事だが、あれからずいぶん経ったような気がする。

「これは旨いな。今や贅沢品になったトロを、大胆に味噌汁にしてしまう。むしろ斬新かもしれない」

「だよね。新鮮なトロだから余計にウマい。葱も薬味も入ってないのが、なんか潔《いさぎよ》いよ。翔太、これは気に入ったんじゃない？」

「ああ。提供の仕方を少し変えてみたら、もっと面白くなるかもな」

翔太の瞳が輝いている。玄の江戸料理に興味を引かれているようだ。

「最後は栗ご飯。これも超シンプルなんだけど、土鍋で炊いてあるのがポイントなんだよね。オコゲがたまらなく美味しいんだ」

剣士のよそった栗ご飯を食べ、「確かに」と頷いたあと、翔太は静かに箸を置いた。

「認めるよ。玄の料理には可能性がある。アレンジ次第でもっと良くなりそうだ。オレの中にいるヤツの念のせいか、江戸料理を極めたくなってきた」

「じゃあ……？」と食い入るように翔太を見つめる。

彼の茶色がかった瞳の中に、自分の顔が映り込んでいる。

「剣士。ひとつだけ訊いてもいいか？」

「ん？」

「もし、オレがワインバーのほうがいいと言ったら、お前はどうするつもりなんだ？」

ハッとするほど、翔太の声音は真剣だった。

「僕は……」

一瞬だけ考えたが、翔太に気を遣うのはやめた。

自分の気持ちは、すでに固まっている。

「僕はやっぱり、江戸料理がメインの割烹にしたい。翔太が納得してくれるまで、何度でも説得すると思う」

「……そうか」

「ごめんな。ハーヴェスト・ムーンに変えるはずだったのに、つきみ茶屋のままがいいって、はっきり思ってしまった。ホントごめん」

「いや……」

少しだけ思案していた翔太が、「まあ、そこまで言われたら仕方がないな」とつぶやき、「オレも覚悟を決めるよ」と居住まいを正した。

「どうせやるなら、季節行事にちなんだ江戸の箱膳料理を、当時の様子を語りながら提供する店がいいと思う。語り部《べ》は剣士だ」

「僕が？」

「そう。お前が店主だからな。できるか？」

「やってみるよ」

「よし。出す酒も江戸にこだわったセレクトがいいかもしれない。オレは江戸料理をもっと勉強する。基本的に献立はひとつだけ。内容は週替わりで変えるのが理想だな。玄にも献立作りに協力してもらう。それでどうだ？」

「うん、いいと思う」

「では、つきみ茶屋のままでいこう。江戸料理店として再オープンだ」

翔太は力強く言い切った。

やった！　翔太が玄の腕を認めてくれた。

これで他店と差別化ができる。つきみ茶屋の暖簾も守っていける――。

剣士の中に、何やら熱いものが込み上げてきた。

そんな剣士をじっと見ていた翔太が、限りなく柔和に微笑んだ。

「つきみ茶屋を剣士が受け継ぐのは、ご両親の願いでもあったもんな」

「翔太……」

「お前が暖簾を守りたいと思うようになったのなら、オレに止める権利なんてない。むしろ応援するよ」

——胸が一杯になった。「ありがとう」以外の言葉が出てこない。

言葉にせずとも、翔太は自分の変化の根底にあるものを汲み取っていたのだ。その心配りが、ただただありがたかった。

「……ただ、何度も言うけどアレンジを加えたい。それで玄が納得してくれるなら、試食会をやろう」

「試食会か。玄さんも言ってたんだ。蝶子さんや水穂さん、女性陣に食べてもらって意見がほしい。女性に人気が出る店は長続きするからって」

「わかっているようだな、玄も」

翔太が口角を上げる。

「では、これから、試食会に向けて料理をブラッシュアップしていく。完成したらまず玄に食べてもらう。そのあとで会の段取りを考えよう」

「了解！」

大きく頷きながら、剣士は胸を躍らせていた。

ややこしい状況ではあるが、ようやく目標が固まったのだ。翔太が玄の意思を尊重しようとしていることも、やけにうれしかった。

「今日の料理だけど、調理方法は動画で撮ってあるんだ。玄さんが詳しく説明してるから、あとで見てみて」

「わかった。でもな……」

自分の両の手の平を見つめながら、翔太が言った。

「実はオレ、玄の料理を再現できる自信があるんだ。意識はなかったはずなのに、調理の感覚だけは残っているんだよ。だから、ヤツにどんどん料理をさせてほしい。オレはすぐにマスターできると思う。江戸料理の基本さえ押さえてしまえば、あとは独学でやっていけるだろう。つまり……」

「つまり？」

次の言葉を聞くのが、なぜか無性に恐ろしかった。

「玄がいなくなっても、つきみ茶屋は続けられるはずだ」

頭を打たれたような衝撃を感じた。

玄さんを金の盃に封印する。もう二度と会えなくなる。

もちろん、初めからわかっていたことだし、そのつもりでいたはずだった。

なのに、自分でも驚くくらい、翔太の発言に動揺してしまった。

そんなの嫌だ、もっと話していたい——。


「剣士、どうかしたか？」

「いや、これから忙しくなりそうだなと思って」

あわてて取り繕った。翔太は訝《いぶか》し気にこちらを見ている。

「玄と離れがたくなった。そうだろ？」

「……そんなこと、ないよ」

「お前は嘘をつくのが下手だな。昔から変わらない」

翔太が悲しそうに瞳を揺らす。

剣士も辛くなり、目を伏せる。

「剣士の気持ちは理解できる。動画でしか見ていないが、玄には魅力があるよな。破天荒だけど陽気で誠実そうで、料理の腕も確かだ。直《じか》に話してみたいとオレも思う。自分の先祖だと思うと尚更《なおさら》だ。——ヤツが憑依したのがオレじゃなかったら、だけどな」

「わかるよ。このままの状態だと翔太が大変すぎる。それはわかってるんだけど……」

どうしても、声に力が入らない。

できることなら、このままずっと玄にいてほしい。

時代の生き証人である玄の存在は、店にとって大きな武器となるはずだ。それに、迷惑なこともあるけど、豪快で大胆な彼は自分に刺激を与えてくれる。学ぶべきところも、楽しいと思う瞬間も多々ある。

一方の翔太は、物事を冷静に分析し、瞬時にアイデアを出してくれる頼もしいパートナーだ。昔から知る掛け替えのない友人で、一緒にいると癒《いや》される。絶対に裏切りたくない相手だ。

どちらも失いたくない。それが、剣士の偽らざる本音だった。

しばらくの間、沈黙の時が続いた。

それを破ったのは、翔太のささやき声だった。

「なあ、剣士。オレだけじゃ、駄目なのか？」

うつむき加減で、長い睫毛《まつげ》を揺らしている。その様子に、雨に濡《ぬ》れた犬を見ているかのような切なさを覚えてしまった。ふわりと垂れた前髪と、黒目がちの瞳。まるで、毛並みの美しい大型犬のようだ。

「オレは、お前と一緒に店をやりたかった。ささやかな夢だ。もうすぐ叶うはずだったのに、奇妙なことになってしまった。金の盃を使ったからだ。頼むから、もう一度あの盃を使わせてほしいんだ」

真摯に頭を下げられて、剣士は決意した。

「もちろん、僕だって同じ気持ちだよ。盃の金継ぎが終わったら、玄さんとはお別れだ」

江戸の食文化を大事にする玄の想いは、自分と子孫の翔太が継げばいい。

「……わかった。では、それまでは玄に腕を振るってもらおうな。心置きなく、好きなだけ作ってもらおう」

翔太のホッとした表情を見た途端、それが正解だと改めて思ったが、一抹の寂しさだけは消せそうになかった。

数日後、翔太はひとりで外出し、先祖代々の墓参りを済ませてきた。

帰宅するや否や、珍しく興奮状態で剣士に話しかけてくる。

「墓の前で手を合わせてたら、耳元で誰かの声がしたんだ。『金の盃を使え、もう一度封印しろ』と。あれは先祖の声かもしれない。オレは現実主義者だが、こんな状況だからなんでも受け入れるつもりだ。やはり、あの盃でオレは元に戻れそうな気がする。金継ぎが完成するのは六日後だよな？」

「そう。試食会の翌日」

「丁度いいタイミングだ。オレはすぐにあの盃を使うつもりでいる」

そこで言葉を切り、翔太は口調を和らげた。

「剣士が寂しくなるな。……ごめん。本当にごめんな」

「いや、謝る必要なんてないよ。最初からそうする予定だったんだから」

そう、すでに腹は括ってある。

玄がいなくなるまで、あと六日。

カウントダウンは、もう始まっていた。

◆

それから剣士と翔太は、試食会に向けて『菊の節句の祝い膳』を改良していった。

食材はかつて父親が付き合っていた農家や猟師から取り寄せ、江戸時代にも存在していたものだけで献立を構築していく。コストパフォーマンスが良くなるように、仕入れ価格と固定費を突き合わせ、値段を設定する。

もちろん、ベースになっているのは玄が作った料理だ。

翔太がアレンジをする、と玄に伝えたところ、意外なことにすんなりと承諾してくれた。

「わいんばをやめてくれただけで御の字だよ。俺の料理のまんまじゃなくたっていいさ。あまりにもずれてるなら、そう言わせてもらうけどな」

実際に、翔太が改良した祝い膳も食べてもらったが、玄が文句を言うほどのずれは生じていない。むしろ、「さすが俺の子孫だねぇ」と口元を綻ばせる。翔太が自分の血族だと確信してから、かなり親近感を抱いているようだった。

試食会と並行して、剣士たちは『つきみ茶屋』再開の準備も始めた。

机替わりにする箱膳は、骨董屋から比較的新しいものを取り寄せ、座敷で食事をしてもらうように店内を整えていく。カウンターを希望する人には、箱膳ではなく平坦《へいたん》な敷膳を使用することにした。

ワインバーではなくなったので、大きな改造工事は必要がなかった。障子と畳を新しくし、浮世絵のレプリカを飾って江戸時代の雰囲気を醸し出す。店の看板となる暖簾も、クリーニングに出して来《きた》るべき開店時に備えておく。

同時に、デリバリー業者との契約や、商品となる弁当の考案も進める。アルバイトの面接も少しずつ始めていた。

試食会はごく内輪でやることにし、日時も決まった。

着々と準備を進める中、相変わらず翔太と玄は入れ替わりを続けていたが、玄には主に、菊の節句以外の行事食を考えてもらっていた。

『十五夜の月見膳』『秋分の祝い膳』『紅葉狩りの行楽料理』など、玄からもアイデアが次々と湧き出てくる。

そして、自らが発想した料理を作りながら、無邪気に言うのだ。

「どうだい、この料理。ま、旨いに決まってっけどよ。早く客に食わせてぇな。幸せそうな顔が見てみたいよ」

「俺と翔太が交互に料理を作りゃいい。アイツは飲み込みが早いよ。俺の料理と寸分変わらねぇもんが作れそうだ。まぁ、同じ身体と脳味噌なんだから、覚えが早いのも当然かもしれねぇけどな」

「なあ剣士、俺と翔太と三人で、つきみ茶屋を繁盛させようぜ」

その明るい声が、剣士の心を責め立てた。

玄が未来を口にする度に、胸の痛みが増していく。

店を再開する前に、盃の金継ぎは完成してしまう。

玄は、店のオープンには立ち会えないのだ。

しかし、剣士は何も伝えられなかった。

そもそも、金の盃を修復に出していることすら、玄は知らないのである。

言えずに黙っている自分が、卑怯者《ひきょう》のように感じることもあったが、心を鬼にして耐えるしかなかった。

——気づけば、玄がいなくなるまで、あと三日となっていた。

◆

そして、ついに迎えた試食会当日の朝。

剣士は翔太と共に、準備を整えていた。

菊の花をメインとしたフラワーアレンジメントを飾り、人数分の箱膳を座敷席にセットし、剣士が和紙に筆ペンでしたためたお品書きを置く。

厨房の翔太は黒の作務衣《さむえ》に和帽子をかぶり、料理の仕度に勤《いそ》しんでいる。

試食会には、それぞれの知り合いを中心に、総勢十名を招いてあった。

その中には、翔太の姉・水穂と甥《おい》っ子の和樹、アルバイト芸者の蝶子を始めとする翔太の女性ファンや、剣士の顧客だった男女。さらになんと、グルメブロガーのタッキーも交ざっていた。

タッキーの場合、彼のほうから新装開店について問い合わせがあったため、試食会の旨を伝えたところ、意外にも参加希望の返事があったのだ。まさか、忙しそうな彼が来るとは思っていなかったので、剣士は焦ってしまった。

タッキーはほぼ毎日、訪れた店の感想と星の数をブログやSNSに投稿している。星を低くつけられてしまうと、客足が遠のく可能性が高い。それほど彼は、影響力のあるブロガーなのである。

「まあ、そこは意識しないでやるしかないな。ブロガーに媚《こ》びてもしょうがない。変な力は入れずに本気で挑む。それしか今のオレたちにできることはないからな」

翔太は落ち着いて構えていた。大学で経営経済を学び、フレンチ店とバーで実務経験を重ねてきただけに、早く腕試しをしたいのだろう。

対する剣士は、己の肝っ玉の小ささを痛感していた。ゲストの前で江戸の食文化をどう語るべきか考えただけで、胃が縮みそうになってくる。それに、タッキーが祝い膳をどう評価するのかも、気になって仕方がない。

「もう緊張してるのか。大丈夫だ。少しくらいしくじってもいいよ。そのライブ感覚も楽しもう」

翔太の励ましを受け、剣士は気合を入れ直す。

試食会のスタートは午後一時。万全の準備でゲストを迎えるはずだった、のだが……。

またしても、思いも寄らぬアクシデントが起こってしまった。

なんと、宿題が終わらないという和樹の代わりに、水穂が別人を連れてやって来たのだ。

その人物とは、翔太と敵対する彼の父親。

老舗料亭『紫陽花亭』の店主・風間栄蔵だった。

第5章「腕試しの江戸料理　結び豆腐」

「ほ、本日はお忙しい中、足をお運びいただき、誠にありがとうございます。間もなくつきみ茶屋は、江戸時代の料理を再現する、箱膳料理の店として新装オープンする予定です。それに先立ちまして、し、試食会をさせていただきたいと思います」

緊張でガチガチになりながら、座敷席の前で挨拶を述べる。

今日の剣士は、いつも玄が着ているのと同じような紺の着物に身を包んでいた。着慣れていないので動きづらい。どうしても肩に力が入ってしまう。

しかも、視線の真っすぐ先に、いかつい風間の顔があるのだ。

「なんで親父が来てるんだ！　追い返せないのか？」

「水穂さんが謝ってた。『和樹の代わりに行く』って、無理やりついてきたらしい」

「オレたちの邪魔しに来たんだな。グルメブロガーも来ているのに、最悪としか言いようがない」

「仕方がないよ。もう席に着いちゃってる」

「そうだな。でもオレは厨房から出ないぞ。接客は剣士に任せる」

「挨拶くらいしてくれよ。蝶子さんたちもいるんだし」

「あとでフォローする。とりあえず今は勘弁してくれ」

――そんな会話を厨房で交わしてから、剣士はこの場に立ったのであった。


「早速ですが、本日のお料理のテーマは『菊の節句の祝い膳』。一汁三菜の江戸料理を、箱膳で試食していただきます。お、お食事が終わりましたら、お手元のアンケート用紙にご感想などを書いていただけますと、さ、幸いでございます」

剣士くん、がんばって！　と、顧客の女性が小声でエールを送ってくれた。

落ち着け、落ち着け、と心中で唱え、深呼吸をする。

「それではまず、お酒をお注ぎいたしますね」

各自の箱膳の前に座るゲストたちに、菊酒を注いでいく。

「こちらは、菊の節句に欠かせない菊酒。冷酒に菊の花を浮かべたものです。お酒は江戸時代から続く京都の酒蔵から、純米酒を取り寄せました」

漆黒の丸い酒器の一面を、刺身のつまなどに使用する小輪種〝つま菊〟が埋め尽くしている。玄が用意したのは大輪種の花びらだったが、今回は翔太のアイデアで小輪種をそのまま浮かべていた。花びらが盃に入って口当たりが悪くなるのを避けるためだ。

しかも、黄色い菊だけではなく、赤紫色の菊も交ぜてあった。

まるで、清酒の上で二色の花々が咲き誇っているようである。

「きれい……」「こんなお酒初めて」「香りもいいね」

ゲストたちが感嘆の声を上げている。

「菊酒、ホント素敵。風流ですごくいいと思う」

「蝶子さん、ありがとうございます。蝶子さんも素敵です」

酒器と揃いの黒い盃を手にしている蝶子は、見目麗しい芸者姿だった。

紫の着物に黄色い帯。見事に結い上げられた日本髪には、菊を模った髪飾りが光っている。前回とは別人のような艶姿《あですがた》だ。

「ありがと。今日は菊の節句だって聞いたから、菊のイメージで着物を選んだの。髪はカツラだけどね」

「あの、お写真、撮らせていただいてもいいですか？」

蝶子の隣にいたタッキーが、おずおずと彼女に問いかける。先ほどから彼はスマホを手にし、店内や箱膳の写真を撮りまくっていた。

「あら、うれしい。もちろんです」

「菊酒の器を持ってもらえます？　めっちゃマッチしてて素敵なんで」

「確かに。蝶子さん、よかったらどうぞ」

剣士が手渡した酒器を、蝶子が掲げてタッキーに微笑む。

菊酒と芸者。なんとも風情のある光景だ。

「いいですねえ。――はい、ありがとうございます」

すかさずスマホで写真を撮ったタッキーは、「ボク、グルメライターの滝原と申しまして……」と蝶子に自己紹介を始めている。

次に剣士は水穂と風間の席に向かい、酒を注ぎながら礼を述べた。

「お忙しい中、本当にありがとうございます。楽しんでいってくださいね」

「菊酒なんて本当に素敵。箱膳で食事をするのも、なんか新鮮でいいね」

明るく言った水穂とは対照的に、風間は口元を引き締めたままだ。

やりにくいな……。とは思うが、精一杯やるしかない。

やがて、全員の盃が菊酒で満たされた。

「お待たせいたしました。どうぞ、お召し上がりください」

ゲストたちが一斉に酒を飲み、盃と共に配っておいた小鉢に箸をつける。

「一品目は、〝菊の花びら、タラバガニ、蔓紫の胡麻酢和え〟です。白胡麻で作った自家製の胡麻酢で和えてあります。お酢は江戸時代から盛んに使われていた調味料。当時は、三杯酢、葡萄酢、練り酒酢、青梅《おうめ》酢など、十種類以上のお酢を使い分けていたとされています。その中のひとつが、こちらの胡麻酢です」

玄から教えてもらった知識を披露しながら、空いた盃に酒を注ぎに行く。動き回っているうちに、剣士の緊張感もだいぶほぐれてきた。

「――古来から菊の花は、体調を整える漢方薬とされていました。また、邪気を払い、不老長寿が得られる花とも言われています。江戸の頃は九月九日になると、このような菊酒を飲み、花びらを食べて長寿を祈願したそうです」などと、菊の節句についても解説を述べていく。

すべて玄の受け売りではあったが、ゲストたちは珍しそうに頷いている。

「美味しい！」と蝶子が嬌声《きょうせい》をあげた。

「菊の苦みと胡麻酢の甘みがいい感じね。菊酒の肴にピッタリ」

　すると、横のタッキーも口を開く。

「粘り気のある蔓紫とプリプリのタラバガニ、食材の合わせ方も面白い。この胡麻酢、出汁も利いてるね。板さん、センスあるじゃん」

「ありがとうございます」と受けながら、剣士もしみじみ翔太はセンスがいいと思っていた。

　玄の作る素朴な江戸料理の旨さを、さらに高めているのは翔太だ。酸味の強い三杯酢をマイルドで甘みのある胡麻酢に替え、大根おろしではなくタラバガニを加えることで、現代人の味覚にも合う料理に仕上げている。

　大輪種の花びらの黄、蔓紫の緑、そこにカニの赤が加わり、色彩でも食欲を喚起させるようになっている。

　ちらりと風間に目をやると、黙々と料理を食べていた。

「お父さん、翔太の料理だよ。なかなかやるよね」

　水穂が声をかけているが、ノーリアクションだ。

　気にしてもしょうがない。給仕に集中しよう。

　剣士は次の料理を運ぶべく、厨房に向かった。

二品目の料理は、〝菊詰め秋茄子の金ぷら・銀ぷら〟である。

「金ぷら？　銀ぷら？　天ぷらと何が違うの？」

早速、蝶子から質問が飛んできた。

「天ぷらの衣に卵の黄身を入れたのが金ぷら、卵白だけ入れたのが銀ぷらです。江戸ではそう呼んでいたそうですよ」

小ぶりの秋茄子を丸ごと揚げた二つの天ぷらが、皿の上でホンワリと湯気を立てている。黄身入り衣は黄色がかっているが、卵白衣の方は白っぽい。

色が黄色いから金ぷらで、白いほうを銀ぷらと名づけたのだろう。

「茄子の間に菊を刻んだものを入れて、挟み揚げにしてあります。濃い口の天つゆと大根おろしで召し上がってください」

「金と銀か。これも面白いなあ」

タッキーがまたもや写真を撮る。

「秋茄子は菊の節句に欠かせない食材。今回はお目出度《めでた》く金と銀をご用意しました。ちなみに、天ぷらは江戸時代に誕生した料理です。油を取る搾油技術が向上し、油そのものが安くなったことで庶民の人気食となりました。初めは屋台で食べる料理だったのですが、次第に料理屋などでも出されるようになったそうです」

剣士の説明を聞きながら、皆が一斉に金ぷらと銀ぷらの味比べをし始めた。

「金ぷらのほうがサクサクしてて濃厚だね。銀ぷらは淡くて上品な感じ。どっちも中がジューシーで、蒸してあるみたい。菊のアクセントもいい感じ」

大声で感想を述べるのは、かなりの食通に見える蝶子だ。先ほどから、一番初めに感想を述べる役割を担っている。

「これ、金ぷらは胡麻油、銀ぷらは菜種油で揚げてるよね？」

タッキーが鋭く指摘する。

「さすがタッキーさん、その通りです。油が違うと食感も違うんですよね」

「ボク、グルメ本も出してるんだけど」

タッキーが蝶子をチラ見する。どうやら意識しているようだ。

サクッという音、美味しいとの声。その二つがあちこちから聞こえて耳心地がよい。

やっぱり、揚げ物に替えてよかった。

玄は秋茄子を〝蒲焼もどき〟にしたが、味があっさりとし過ぎていたため、翔太がもっとボリュームを出す料理に変更したのだった。

風間は相変わらずむっつりとしたままだが、剣士は今回の試食会に手応えを感じていた。

「次のお料理は、〝ジビエの塩麹《しおこうじ》漬け焼き〟です。野鳥や野獣の肉を総称するジビエは、江戸時代から専門店があったほどポピュラーな食材だったようです。今回は猟師さんから届いた新鮮な肉のロースを、塩麹で寝かせて旨みを引き出し、炭火で焼き上げました」

大きめの器にスライスされた肉を盛り、白髪葱と大葉を添えてある。

香ばしい薫りが店中に漂い、ゲストの期待感を煽っていた。

「いただきます」と、早速、蝶子が料理を味わった。

「柔らかくて脂身が甘くて赤身はしっとりしてて、すっごく美味しい。豚肉っぽいけどもっと歯ごたえがあるような……。なんのお肉なの？」

「山鯨、です」

蝶子に答えると、彼女は不思議そうに小首を傾げた。

「山鯨？　クジラのお肉？」

「わかった、猪《いのしし》だ。山鯨は隠語でしょ。表向きは獣食を禁じていたから、そう呼んでたって聞いたことがある。違う？」

速攻で当てにきたのは、タッキーだった。

「ご名答。猪は山鯨やボタンと呼ばれていたそうです。今でも猪の鍋を〝ボタン鍋〟って言いますよね」

「でもさ、塩麹漬けって江戸の頃からあったの？　米麹で作る甘酒があったのは知ってるけど」

タッキーの質問を、「そうなんです」と受ける。

「塩麹は、米麹に塩水を加えて常温発酵させたもの。江戸時代の文献にも記載されていまして、〝糠床〟の代わりや〝大豆を使用しない味噌〟という位置づけで使用していたそうです。麹のような発酵食品には免疫力を高める効果や、肌を美しくするビタミンが多く含まれているとされています。猪の肉もビタミンの宝庫。こちら、女性の皆さまには特に食べていただきたいお料理です」

そう言うと、女性陣が一斉に微笑んだ。

「猪って臭みがあるイメージだったけど、塩麹で漬けると本当に美味しくなるんだね。意外だったなあ」

蝶子はしきりに感心している。

玄の作った〝牛肉の味噌漬け〟は、翔太によって〝山鯨の塩麹漬け〟に変更されていた。一般的に牛より猪のほうが入手しにくいので特別感があるし、江戸時代に山鯨として食べられていた猪と、同じく江戸でも使用されていた塩麹との組み合わせが、面白いのではないかと思ったからだ。

それに加え、次に出す味噌汁と味噌漬けが被ってしまうことも、塩麹に替えた理由だった。

風間以外のゲストたちは、山鯨を美味しそうに完食。剣士は次の準備に取りかかった。

「こちら、本日のメインとも言える椀物です」

剣士は、それぞれの膳に土瓶と蓋つきの漆椀を配り終えていた。

「どうぞ、椀の蓋を開けてみてください」

素早く蓋を開けた蝶子が、「なにこれ、お刺身？」と目を見開く。

「はい。〝トロのから汁〟です。トロ以外の具が空だから、から汁と呼ぶそうです。土瓶の中に熱々の味噌汁が入っています。刺身の上からかけてお召し上がりください」

このから汁は、玄の料理をそのまま採用したのだが、提供の仕方は翔太が変えておいた。その場で刺身の上に熱い味噌汁をかけることで、鯛茶漬けのようにトロが湯引きされた状態となるのだ。

「へええ、刺身の上に自分で味噌汁をかけるなんて面白いね。こんな味噌汁の食べ方、初めてだ」

味噌汁をかける前とかけた後の写真を、タッキーが何度も撮っている。自らが膳の上で仕上げる味噌汁。表情を変えない風間以外の誰もが、興味深そうに瞳を輝かせている。

「普通に提供されるよりも、自分でひと手間かけたほうが、より美味しく感じるはずなんだ」と翔太が言った通り、「めっちゃ美味しい」「なんか斬新」「トロの味噌汁なんて豪華」と声が上がる。

「中がレアのトロと、脂で旨みが増した味噌汁。これはなかなかの組み合わせだな。他の店じゃ食べられない逸品だ」

タッキーも舌鼓を打ちながら、笑みをこぼしている。

「食品の保存法が乏しかった江戸時代のトロは、猫もまたぐから猫またぎと呼ばれたくらい、腐りやすい部位でした。生で食べることはまずなかったんです。値段も格安で、庶民が鍋や味噌汁で食べていたそうですよ」

　これまた玄からのうんちくである。

「最後のご飯もお出ししますね」

　剣士は素早く厨房に戻り、茶碗と小皿を各自の膳に運んだ。

「こちらは、菊の節句には欠かせない栗ご飯です。秋の恵みを食べて、長寿と共に豊穣も祈願していたのだと思われます。今回はもち米を使用した〝栗おこわ〟にしてあります。土鍋で炊き上げてありますので、オコゲの風味もお楽しみください。小皿は自家製の〝菊の糠漬け〟です」

「栗おこわ、大好きなの。いい匂い」

　蝶子の一言で、周囲も華やぎだす。

　そして、剣士は気づいた。バイトとはいえ芸者として働く蝶子は、接客のプロ。いち早くポジティブな反応をしていたのは、わざと場を盛り上げるためだったのだろう。

「ありがとうございます、蝶子さん。お陰で助かりました」

　剣士が礼を述べると、「あら、なんのこと？」と受け流し、食事を再開した。

「最後にまた菊を出すなんて、菊の節句に相応しい締め方ね。この糠漬け、おこわにすっごく合う。菊の花の糠漬けなんて、見るのも食べるのも初めて。あー、美味しい。土鍋で炊いたお米って、ホント美味しいよね。ホクホクの栗とオコゲがたまらない」

「蝶子さん、マジで美味しそうに食べますね。そういう方が隣にいると、ボク、酒が進んじゃいます」

「じゃあ、あたしに注がせてくださいな」

蝶子は各席の間に置いておいた盆から酒器を取り、タッキーの盃に菊酒を注いでいる。

「今日は来てよかったなあ。蝶子さんの隣に座れて」

「よろしければ、今度あたしのお座敷にも来てくださいね。新橋の料亭なんですけど、あたしがおもてなししますから」

「行きます、絶対行きます！」

タッキーは蝶子から名刺を受け取っている。

「皆様、栗おこわのお代わりもございます。遠慮なくお申しつけください」

そんな剣士のアナウンスでお代わりをしたのは、タッキーだけだった。

女性陣は皆、満ち足りた笑顔でいる。

和やかな試食会の中で、風間だけが唯一、不気味な沈黙を守っていた。

「最後に甘味をご用意しました」

剣士が各膳に置いたのは、菊を模った生菓子に、綿あめをふわりと載せたものだ。

「可愛い！」「素敵！」「何これ！」と女性陣から声が湧く。

「菊の形にした芋羊羹《ようかん》に、綿あめをかぶせました。これは、菊花の上に綿をかぶせ、その綿の香りや露《つゆ》で身体を清めて長寿を願う、〝被せ綿〟を再現した甘味です。被せ綿も、菊の節句では恒例の儀式だったそうですよ」

「もー、最後の最後まで風流ねえ。剣士くん、このお店、最高よ」

またしても蝶子が場を盛り上げる。

「甘さがごく控えめの菊の芋羊羹に、綿あめをのせたのか。縁起も良さそうだし、めっちゃいいアイデアだと思う」

そそくさと写真を撮って食べ始めたタッキーも、気に入った様子だった。

「ありがとうございます。皆様、今回の江戸料理、お楽しみいただけましたでしょうか」

剣士は座敷席の前から、ゲストたちに呼びかけた。

皆の笑顔に勇気づけられ、言葉を重ねていく。

「江戸時代の人々は、四季に添った旬の食材を調理して、季節を舌で感じてきたそうです。春に採れる山菜の苦みは、春の日差しで火照る身体を調整してくれる。夏はキュウリなど水分の多い夏野菜で、身体の熱を冷ます。秋はでんぷん質の多い栗や芋で、冬に備えて脂肪を作る。寒い冬に採れる根野菜は、冷えきった身体を温めてくれる。それはまさに、自然と調和して生きてきた日本人の知恵。四季折々のよろこびでもあったのでしょう」

玄と一緒に考えた締めの言葉を、自らも改めて噛みしめる。

「現代人である私たちが、忙しさの中でつい忘れてしまいがちな食事の大切さを、昔ながらの箱膳と共に、思い出していただける店にしていきたいと考えております。今後とも、どうぞよろしくお願いいたします」

深々と頭を下げた剣士の耳に、大きな拍手の音が飛び込んできた。

……ああ、心地よい。今までの苦労が報われる音だ。

これまでにないほどの達成感と充実感を、剣士は味わっていた。

「今回お出ししたお料理はすべて、料理人の風間翔太が担当いたしました。少々お待ちくださいね」

厨房に急ぎ、翔太に声をかける。

「翔太、最後なんだから挨拶してよ」

「親父、まだいるんだろ？」

「いるけど、そんなことにこだわってる場合かよ」

「……そうだな。このままでは逃げているようで癪だ」

和帽子をぬいだ翔太が、客席に現れた。

小さな歓声と大きな拍手が、女性ファンを中心に湧き上がる。

「本日は、誠にありがとうございます。つきみ茶屋を新装開店するにあたって、江戸時代の料理を研究し、再現いたしました。もちろん、すべてが当時のままではありませんが、江戸の食文化に想いを馳《は》せながら、旬の素材を生かした味を楽しんでいただけたら幸いです」

「翔ちゃん、マジ最高だったよ！」

またもや口火を切った蝶子に続き、翔太のファンたちが称賛を送る。

「ホント美味しかったし楽しかった」

「オープンしたら絶対来るね！」

「翔太くん、作務衣似合う。一緒に写真撮ってもいい？」

「ありがとう。まだ仕事中だから、写真はあとでな」

優しく微笑む翔太を、皆がうっとりと見つめている。

まるで、カーテンコールで出てきた舞台の主役と、追っかけファンのようである。

その華やかな空気を、野太い声が凍りつかせた。


「お楽しみのところ悪いのだが、ちょっといいかね？」


声の主は風間だ。翔太を静かに見つめている。

翔太も、唐突に話しかけてきた父親を凝視した。

「私には少し物足りなかった。もう一品、リクエストさせてもらいたい」

「お父さん、やめてよ」

水穂が小声で風間の袖を引いたが、見向きもせずに再度口を開く。

「実は、知り合いの料理人から手作りの木綿豆腐をもらってね。この豆腐で江戸料理を作ってもらいたいんだ」

いつの間にか風間は、小さなクーラーボックスを手にしていた。

「もちろん、無理にとは言わない。だがね、ここまで江戸にこだわる店なら、作れないはずがないと思ったんだ。一流の店なら、可能な限り客のリクエストに応えるものだからな」

無茶ぶりだ。わざと息子に難題を突きつけようとしている。

剣士は翔太の横に移動し、「生憎ですが……」と断ろうとした。

しかし、「何をお出しいたしましょう？」と翔太が答える。笑みを浮かべてはいるが、目つきは鋭く父親をとらえている。

マズい、翔太がむきになっている。どうにかしなければ。

周囲を見回すと、ゲストたち全員の視線が翔太に集まっている。どこか期待感の滲む視線だ。

ああ、すでに断れない雰囲気じゃないか……。

何もできずに頭を抱えた剣士の前で、風間がゆっくりと言った。

「豆腐百珍。江戸時代に人気を博した豆腐料理集だ。知ってるだろう？」

「もちろん、知ってますよ」

翔太が好戦的に答える。

玄が翔太に憑依して、初めて作ったのが豆腐料理だった。それを翔太は知っていたので、自信たっぷりに答えたのだろう。

「では、その豆腐百珍に登場する、〝結び豆腐〟を作ってほしい。一般家庭でも食されていた定番の豆腐料理だ。我儘言って申し訳ないが、リクエストに応えてもらえるかな？」

翔太は黙って風間を睨んでいる。

「どうでしょう、皆さん。江戸時代の豆腐料理、興味ありませんか？」

風間が周りを見回す。

「ボクはありますよ」とタッキーが即座に反応した。

「この板さんは豆腐百珍を熟知してる。作ってくれるはずですよ」

確かに、タッキーはここで豆腐料理を食べている。〝鰻もどき〟と〝ふわふわ豆腐〟だ。しかし、あれを作ったのは玄なのだ。なのに、何も知らずに風間の後押しをしている。

余計なこと言わないでくれよ……。

剣士はタッキーを睨んでしまったのだが、もちろん、彼のせいではない。

少しの間があった後、翔太が答えた。

「承知しました」

客席のざわめきを背に、クーラーボックスを受け取った翔太が厨房へ向かう。

「皆様、少しだけお待ちくださいね。あ、お茶をお持ちします」

剣士もあわてて翔太の背中を追った。


「結び豆腐ってなんなんだ？　翔太、本当に作れるの？」

翔太は湯を沸かして出汁を取り、豆腐に包丁を入れ始めている。

「大丈夫だ。豆腐百珍の料理はだいたい把握してあるから」

そこまで勉強していたのかと、剣士は尊敬の念を抱いた。

「単純な料理なんだ。細長く切った豆腐で結び目を作る。それを澄まし汁に入れるだけだ」

まな板の上で細長い豆腐を摑んだ翔太が、それで結び目を作ろうとする。

しかし、豆腐が崩れてしまい、うまく結べない。

「あのクソ親父、わざとオレを試しているんだ。なんとしてでも作ってやる」

ムキになればなるほど、豆腐は形を崩していく。豆腐の細さを変えて何度か繰り返したが、うまく結び目が作れない。

「これでも駄目か……」と翔太が唸《うな》る。

材料となる木綿豆腐が、見る見る減っていく。

失敗を重ねる時間だけが、無情に流れていく。

「玄！」

いきなり翔太が天を仰ぎ、声をあげた。

「オレを助けてくれ！　なんとかしたいんだ！　玄、頼むよ！」

自分の中にいる玄に呼びかけているようだ。

しかし、それで現れるわけがない。

「悪あがきしてる場合じゃないな」

翔太はもう一度細長い豆腐を取り、水を張ったボウルに入れて挑戦した。だが、またもや曲げただけでフルンと崩れてしまう。

剣士も手伝いたいのだが、失敗するに決まっている。僅かな材料を無駄にするわけにはいかず、見守ることしかできない。

「……今、何か言ったか？」

ふいに翔太が尋ねてきた。

「いや、なにも」

「え？　……ゆ？　す？　湯と酢か？」

意味不明なつぶやきをした翔太は、急いでポットからボウルに湯を注ぎ、酢を入れて流しに置いた。豆腐を何本か酢入り湯の中に沈める。

しばらく経って、湯の中で一本を掴み、結び目を作り出した。

豆腐で輪を作り、その中に端を通していく。

ゆっくりと、慎重に。

そして――。

「やった！　翔太、成功だよ！」

細長い豆腐が、きっちり結び目の形になっていた。

「よし、澄まし汁をかける」

スタンバイしていた剣士が漆の椀を差し出すと、翔太は湯洗いした豆腐を中に入れた。そして、鍋で湯気を立てていた出汁に味をつけ、豆腐の上からそろりそろりとかけていく。

「……完成だ」

感無量、といった様子の翔太は、額から汗を滲ませていた。

「お待たせいたしました。結び豆腐でございます」

翔太自らが、父親の前に椀と箸を運んだ。

風間は腕を組み、澄まし汁の中に鎮座する、完璧な豆腐の結び目を見つめている。

他のゲストたちも周囲に集まり、椀の中身を覗き込んでいた。

「これが結び豆腐か。単純そうだけど、実は結ぶのがめっちゃ難しいはずだ。板さんすげえなあ。ちょっと写真、いいですか？」

タッキーは、風間の返事も待たずに写真を撮っている。

「ご所望の結び豆腐です。どうぞお召し上がりください」

凄《すご》みのある声で、翔太が風間に言った。

風間は静かに箸を取り、一気に汁を飲んで結び豆腐を食べた。

「――ご馳走さま」

ひと言だけ残して立ち上がり、出入り口の方へと歩いていく。

「ちょっと、お父さん。それだけ？　翔太、すごいもん作ったんだよ？」

あとを追った水穂が、不満そうに言う。

「この世には、まぐれ、って言葉があるからな」

「もー、あんな意地の悪いことして、なんなのその言い草」

「ああ、そうだ。剣士くん」

急に振り向いた風間に呼ばれ、剣士は彼の元に歩み寄った。

「これを渡そうと思っていたんだ」と、紫の布に包んだ長方形のものを手渡された。

「店のコンセプトは悪くない。あとは料理の精度とバリエーションだな。君の給仕もまだまだ拙《つたな》い。ご両親の暖簾を汚さないように、頑張りなさい」

「あ、ありがとうございます」

堂々たる風格の風間が、店から出ていく。

「剣士くん、ごめんね。今度は和樹と来るから。翔太、またね！」

水穂も父に続いて店を後にした。

「翔ちゃん、すごいじゃない！　あんな技術があったなんて、ホントすごいよ！」

蝶子が翔太の元に駆けつけた。他のファンも周囲に集い、口々に翔太を褒め称えている。

剣士の顧客たちも、「本当に美味しかった」「江戸の箱膳料理、絶対うまくいくと思う」などと絶賛してくれた。ありがたさで胸が一杯になる。

店の様子を写真に撮っていたタッキーが、「じゃあ、またね」と剣士に告げて立ち去ろうとした。

「あの、タッキーさん」

「ん？」

「どうでした？　うちの江戸料理」

しばらく考えてから、彼はメガネを押さえて口を開いた。

「最高に美味しく感じたよ。でも、それは蝶子さんが隣にいたからだ。ボクひとりだったらどうかわかんない。だから、星はまだつけられないな」

「そうですか」

剣士はホッとしていた。オープン前に辛口なコメントを書かれたら、たまったものではない。

「まあ、江戸へのこだわりも感じたし、演出も面白かった。期待の新店舗ってことで、ブログで紹介しておくよ。星は入れないけどね」

「ありがとうございます。ぜひまた来てくださいね」

タッキーに続いて、自分の顧客たちを送り出した剣士は、風間から渡された紫の布をほどいてみた。

——祝儀袋だ。かなりの厚みがある。

息子を試した意地の悪い風間だが、応援はしてくれているのだろう。

風間さん、ありがとうございます。もっと認めてもらえる店にします。

ご祝儀袋をかざしながら、胸の中で礼を述べる。

翔太にも報告したかったのだが、まだ取り巻きに囲まれている。

まあ、あとで話せばいいか。

剣士は翔太のファンたちに挨拶を済ませてから、二階の居間に行った。

両親の遺影の横に、そっと祝儀袋を置く。

手を合わせてから、包丁の箱を開けて中を見る。父が愛用した形見の品だ。

「……包丁、握ってみようかな」

ほんの小さな声で、剣士はつぶやいた。


一階に降りると、座敷で翔太が蝶子の相手をしていた。他のゲストは帰ったようだ。蝶子の箱膳には、栗おこわと菊の糠漬けが置かれている。

レプリカの浮世絵を背景に座る、着物姿の翔太と芸者姿の蝶子。時代劇のワンシーンのようだ。かなり絵になっている。

「蝶子さん、今日は本当に助かりました。来てもらえてよかったです」

「だからなんのこと?」

相変わらずトボケている。なんと気配り上手なのだろう。

「あたし、またお腹が空いてきちゃって。今さらだけど、栗おこわのお代わりしちゃった」

ペロッと舌を出し、菊酒の入った盃をクイッと傾ける。

芸者姿の蝶子は、実に粋で妖艶な女性だった。

「いや、本当に助かったよ。オレも調理の合間に座敷の様子を見てたから。蝶子、今度お礼する。何かほしいものある？」

「えー、そりゃあるけど……。ここじゃ言えない、かな」

「あ、僕、厨房の片づけしてきますから」

お邪魔虫だったと気づき、立ち去ろうとしたのだが、「剣士、待ってくれ」と翔太に呼び止められた。

「すまん、猛烈な眠気がしてきた」

「マジか！」

「ああ、耐えられそうにない。きっとヤツが……出てく……る」

そのままカクンと首が落ちてしまった。

「翔ちゃん、どうしたの？　まさか、いきなり寝ちゃった？」

揺り起こそうとする蝶子に、剣士は必死で呼びかける。

「疲れが出たんだと思います。ちょっと休ませますから」

寝入ってしまった翔太を抱え、座敷の奥に横たわらせる。

「蝶子さん、すみません。翔太、不眠不休で料理の勉強して、今日の準備をしたんです。蝶子さんがいてくれたから、安心して寝ちゃったんですよ」

「まあ、疲労が溜まってるのはわかるけど……」

「残りのおこわ、お持ち帰り用にお詰めしますよ。まだ土鍋に残ってるはずだから、大盛りサービスしちゃいます。あ、山鯨も少しあるから、それも詰めましょう」

早く蝶子を帰らせたい。でないとまた玄が現れてしまう。

「わかった。長居しちゃってごめんね」

「こちらこそ失礼しました。ちょっと待っててください」

剣士は素早く料理を折詰にし、蝶子に持たせた。

「ありがとう。オープンしたらまた来るからね」

「承知しました」

「翔ちゃんによろしくー」

千鳥足の蝶子は、「ちん、とん、しゃん」と長唄風の節回しを口ずさみながら、日本舞踊のような動きをつけて出入り口に歩いていく。

ホッと一息ついたその瞬間、奥で寝ていた翔太が起き上がった。

――前髪が白い。玄だ！

「……いやぁ、よく寝たわ。試食会とやらは終わったのかい？　――あれ？　お雪さん？」

玄は目をこすりながら、芸者姿の蝶子を見ている。

気づかない蝶子は、着物の袖を揺らして格子戸から出ていく。

「お雪さん！」

立ち上がった玄を押さえつけ、「違います、蝶子さんです」と正したのだが、「いや、あれはお雪さんだ。間違いねぇ！」と叫ぶ。

「違うんですよ！　玄さんの〝はじき葡萄〟を食べた蝶子さんなんです。落ち着いて！」

今にも飛び出しそうだった玄が、力を抜いて座り込む。

「……だよな。お雪さんがここにいるわけねぇもんな」

期待が外れたことが、よほど悲しかったようだ。がっくりとうなだれてしまった。

「玄さんのお陰で、試食会は大成功でした。ありがとうございます」

「……おう」

「結び豆腐。結び方を翔太に教えたの、玄さんですよね？」

「そういや、声がした気がしたなぁ。助けてくれって。酢を入れた湯にしばらくつけて結んでみろ、って答えたんだけどな。夢じゃなかったのか」

「夢なんかじゃないですよ！　玄さんが翔太を助けたんです！」

テンション高めで言ったのだが、玄は「そうかい」としか答えない。

おかしい。いつもの元気がない。

「……実はよ、別の夢も見てたんだ。この座敷にお雪さんがいてな。俺の作った膳を、とんでもなく旨そうに食ってるんだよ」

「それは……」

きっと、翔太が見ていた蝶子の姿だ。と思ったのだが、口をつぐんだ。わざわざ夢を壊す必要はない。

「お雪さん、何度も言ってたっけなぁ。美味しい。美味しいよ、って……」

玄が洟《はな》をすする。

「うれしかった。俺は、本当にうれしかったんだ……」

彼の両目から、透明な雫《しずく》が流れ落ちた。

その刹那、剣士の周辺が異空間に変化した。

古き良き時代の日本家屋、宴会室らしき畳の部屋。

三味線の音に合わせて、日本髪の女性が舞踊を舞っている。

目も覚めるような豪華な着物を着た、色白の美しい女芸者だ。

扇子をひらひらと動かし、しなを優雅に作りながら、武士たちに愛想を振りまいている。

——あれは、お雪だ。

自分の先祖でもあるお雪。お座敷で客をもてなす彼女の艶姿を、襖《ふすま》の陰から空の膳を持った男が見つめている。

髷《まげ》をきっちりと結った着物姿。いかにも人の好さそうな、でも、内面に情熱を秘めているような、凛々《りり》しい瞳を持つ青年。

それが玄であると、剣士は確信していた。

遥か昔、つきみ茶屋が待合だった頃の光景。

玄が目を細め、頬を紅潮させて、ひたすらお雪を目で追い続ける。

ときおりお雪も、玄にだけわかるよう、茶目っ気たっぷりに目くばせをする。そうされる度に、玄は口元をほころばせている。

——剣士は、直感的に思った。

この二人は、相思相愛だったのではないだろうか。

もしも玄が毒見などせず、鬼畜のような武士に命を奪われずに済んだのなら、玄はお雪と夫婦になれたのかもしれない。


料理をして、子どもと遊んで、妻のお雪と並んで眠る。

おやすみ。おはよう。隣の大切な家族と挨拶を交わす、穏やかな日常。

玄が夢見たのは、ごく普通の幸せだったのに。

その夢は、今さらどうあがいても、絶対に叶えられない……。


幻が消え、現実が戻る。

涙でぼやけた剣士の視界で、玄がしきりに目元を拭っている。

「——あの頃には、もう戻れねぇんだよな」

……かける言葉が、何も見つからなかった。


しばしのあいだ、ふたりを包み込んだ静かな時間。

それを打ち壊したのは、剣士が懐に入れていたスマホの振動音だった。

「はい」

『もしもし？　剣士くん？　弥生です』

金継ぎ師の弥生だ。

『預かってた盃の修理、さっき終わったの。予定より早くなったから、知らせようと思って』

——禁断の盃が、金継ぎされた。

剣士は思わず、そばでうつむいている玄を凝視する。

『剣士くん、聞こえてる？』

「は、はい。大丈夫です。今からすぐ取りに行きます」

スマホを仕舞い、玄に話しかける。

「玄さん、ちょっと出てきます。すぐ帰りますから、絶対に家から出ないでください。誰か来ても出ないで。約束してもらえますか？」

「わかったよ。お前さんに怒られるのは、もう勘弁だからな」

玄は穏やかに微笑んだ。

「すぐ戻ります」

「あ、剣士」

「はい？」

「俺にいい夢を見せてくれたのは、お前さんだ。ありがとな」

その屈託のない笑顔が、どうしても直視できない。

「行ってきます」

剣士は、重くなってしまった足をどうにか動かし、弥生の店に向かった。

◆

金継ぎされ、全体に金粉を施した盃は、ヒビ割れた部分がどこだかわからないほど、ほぼ完璧に修復されていた。

これで、玄さんは封印されてしまう——。

覚悟していたはずだった。諦めたはずだった。

だが、頭の中の考えと心の中の想いが、どうにも合致しない。

家に持ち帰ると、玄は座敷で横になっていた。あのまま寝てしまったようだ。つまり、起きたら翔太が戻ってくる。

まだ前髪が白いままだから、寝息を立てているのは玄だ。

剣士は、そのフワッとした白髪を、撫でてやりたい衝動に駆られていた。


玄さん。すごく残念だけど、もうお別れです。

あなたと一緒の朝は、二度と迎えられません。

今まで、本当にありがとうございました。

あなたが教えてくれたこと。

素材の良さを生かし、極力無駄を無くして、江戸の粋を今に伝えていく。

美味しい、と言ってくれる人々への感謝を忘れずに、代々続いてきた暖簾を育てていく。

僕と翔太が、あなたの想いを継いでいきます。

だから――。

どうかどうか、安らかに眠ってください。

やがて、前髪は栗色に戻り、翔太が目を開いた。

横に座っていた剣士に向けた視線が、手にしていた金の盃へと落ちていく。

「完成、したんだな」

「うん。予定より一日早かった」

そっと翔太に盃を渡す。

「……酒を、注いでくれないか」

「用意してある。最初の夜、この盃で翔太が飲んだ酒だ」

剣士は、酒器の冷酒を盃になみなみと注いだ。

「玄には感謝してもしきれない。今日だって、親父の無茶ぶりで困ったオレを助けてくれた」

「……玄さん、最後に言ってたんだ。いい夢を見せてくれてありがとな、って」

「夢？」

「そう。もしかしたら、こうなるって予測してたのかもしれない。また自分が封印されるって」

上げかけていた翔太の右手が、一瞬だけ止まった。

「……剣士、本当にごめんな」

いや、と剣士が首を横に振る。

翔太が盃を口元へ運ぶ。

――見たくない。辛すぎる。

「洗い物してくる」

剣士は急ぎ足で厨房に駆け込んだ。

心を無にして、器や膳を洗うことに専念する。

水の流れる音。ゴシゴシと磨く音。器の重み。泡を流す際の水の冷たさ。

聴覚と触覚に感覚を集中させ、邪念を追い払う。

「手伝うよ」

翔太が現れた。表情が暗い。

それから剣士と翔太は、無言で厨房に立ち続けた。

◆

すべての作業を終え、居間で残り物の簡単な食事を取りながら、剣士たちは来月オープン予定の店について話し合った。

一週間ごとに変える献立は、かなり先まで決まっている。

玄がベースを考えてくれたからだ。

「——こうしていると、オレが引っ越してきた日の夜を思い出すな」

ふと、翔太が言い出した。

「ああ、金の盃を使っちゃった日ね」

あの瞬間から、この店の運命は大きく変貌したのだ。

「ワインバー計画が、まさかの江戸料理専門店だ。不思議なもんだな」

「ホントだよね。今日さ、つきみ茶屋の暖簾を出したでしょ。やっぱ、感慨深かったなあ」

紺地に白抜きで入った〝つきみ茶屋〟の文字。

ずっと否定していたはずのそれが、とても誇らしかった。

「試食会はなんとか無事に終えた。アンケートも概《おおむ》ね好評。手応えは十分あった。親父に邪魔されたことだけが汚点だな」

「なんだかんだ言って、応援してくれてるんだよ」

祝儀袋の件を翔太に報告したら、「叩き返す！」と憤っていたのだが、お祝い返しをするからと説得し、なんとか収めてもらっていた。

「本オープンまでに、もっと料理の腕を磨く」

父親のことを思い出したせいか、翔太の目つきは鋭い。

「バイトさんの研修、そろそろ始めないとね」

剣士はさり気なく、話題を変えた。

「教育係は剣士だから、よろしくな」

「なんとかやってみる。あ、そうだ」

翔太に大事なことを聞きそびれていた。

「あの盃、あれからどうした？」

「ああ」

少しの間があり、翔太は両親の遺影を飾った棚を指差す。

「ちゃんと磨いて、その棚に仕舞ったよ」

「そっか」

剣士はそっと立ち上がり、棚の中から盃を取り出した。

「物置に移さないとね。バイトさんが間違えて使ったりしないように、厳重に保管しておこう」

黄金色に輝く、禁断の盃。

玄の魂を封じた、信じがたいほどの魔力を秘めた器。

――玄さん、さよなら。あなたを忘れないよ。絶対に。

心の中でつぶやいてから、剣士は金の盃を物置に仕舞いに行った。

エピローグ「幸福なる味噌汁の香り」

翌日の朝。

自室で目覚めた剣士は、すぐさま隣の部屋へ向かった。

そっと戸を叩く。

「翔太。起きてる?」

——返事はない。

「開けるよー」

中を覗くと、窓から朝日が差し込んでいる。畳まれた布団とカピバラのぬいぐるみが目に飛び込んできた。翔太の姿はない。

居間、トイレ、浴室、次々と戸を開けたが、どこにもいない。

一階にいるのかな？

廊下を進み、階段を下りようとしたら、味噌汁の香りが漂ってきた。

朝食の支度、してくれたんだ。

急いで階段を下りて厨房を覗くと、和服姿の翔太が背を向けている。

「うちら、朝も和食派になっちゃったよね」

声をかけたら、くるり、と振り向いて彼は言った。

「あったりめぇじゃねぇか。和食が一番に決まっとるわ」

剣士は大きく目を見張った。

前髪の一部が白くなっている！

「……玄さん？」

「なんだい、この寝坊助が」

なんで？　なんで玄さん？　盃の効果はなかったのか？

いや、そんなことより——。

まさか、まだ玄さんがいてくれたなんて……。

「玄さん！　玄さんだ！」

自分でも驚いてしまうくらい、目の前の現実がうれしかった。

胸の高まりを止められず、勢いのまま玄の肩を抱きしめる。

「なんでぃなんでぃ、死人が蘇ったみてぇによろこびやがって。ほれ、朝餉の準備ができてるぜ」

いつもと変わらない玄が、そこにいた。

「あのよ、起きたらこんなもん握ってたんだ。ほれ、お前さん宛ての手紙だ」

彼がメモ紙を手渡してきた。急いで目を通す。

『剣士へ　口はつけたのだが、どうしても飲めなかった。これを剣士が読んでいるなら、そういうことだ。よろしく頼む』

翔太からの伝言だ。

昨日、翔太は盃の酒を飲みかけて思い留まった。でも、口はつけてしまったのだ。

玄が封印されたのかどうか、確証が持てなかったのだろう。

目覚めた時に翔太自身だったら、このメモは必要ない。玄に変化していたから、剣士の手に渡ったのだ。

やっぱり翔太も、自分と同じ気持ちだった。

玄を封印してしまうのが、忍びなかったのだ。

——この先も、三人で店をやっていける！

いや、玄と翔太は同じ身体だから、二・五人とでも言うべきか。

そんな風に考えているだけで、頬がどんどん緩んでいく。

この先どうなってしまうのか、まったく読めないけれど、きっとどうにかなるだろう。今までだって、どうにかなってきたのだから。

よし、玄さんも入れてオープンの準備をしよう。

また迷惑をかけられるかもしれない。振り回されるかもしれない。

それでも僕は……。


「うれしそうな顔してんな。恋文でも読んでるみてぇだ」

味噌汁をよそいながら、玄がニヤリと笑った。

「まあ、それに近いかも」

「そりゃよかった。どこが恋文なんだか、俺にはさっぱりわかんねぇわ」

わからなくていい。知らないままでいい。

あなたがただ、そこにいてくれるだけで。

それだけで、こんなにも僕はうれしくなる。


「あのさ、玄さん」

「なんだい？」

剣士は潤んでいた目を指で拭い、もう二度と玄にはかけられないと思っていた言葉を、ありったけの笑顔と共に口にした。

「――おはよう」

本書は文庫書下ろし作品です。

|著者| 斎藤千輪　東京都町田市出身。映像制作会社を経て、現在放送作家・ライター。2016年に「窓がない部屋のミス・マーシュ」で第2回角川文庫キャラクター小説大賞優秀賞を受賞してデビュー。「ビストロ三軒亭」シリーズがベストセラーに。最新刊は双葉文庫ルーキー大賞第2回受賞作『だから僕は君をさらう』。

神楽坂《かぐらざか》つきみ茶屋《ちゃや》　禁断《きんだん》の盃《さかずき》と絶品《ぜっぴん》江戸《えど》レシピ

斎藤《さいとう》千輪《ちわ》

講談社文庫

定価はカバーに
表示してあります

2021年1月15日第1刷発行

発行者――渡瀬昌彦
発行所――株式会社　講談社
東京都文京区音羽2-12-21　〒112-8001
電話　出版 (03) 5395-3510
　　　販売 (03) 5395-5817
　　　業務 (03) 5395-3615

Printed in Japan

デザイン―菊地信義
本文データ制作―講談社デジタル製作
印刷―――豊国印刷株式会社
製本―――株式会社国宝社

ISBN978-4-06-522235-5

講談社文庫刊行の辞

二十一世紀の到来を目睫に望みながら、われわれはいま、人類史上かつて例を見ない巨大な転換期をむかえようとしている。

世界も、日本も、激動の予兆に対する期待とおののきを内に蔵して、未知の時代に歩み入ろうとしている。このときにあたり、創業の人野間清治の「ナショナル・エデュケイター」への志を現代に甦らせようと意図して、われわれはここに古今の文芸作品はいうまでもなく、ひろく人文・社会・自然の諸科学から東西の名著を網羅する、新しい綜合文庫の発刊を決意した。

激動の転換期はまた断絶の時代である。われわれは戦後二十五年間の出版文化のありかたへの深い反省をこめて、この断絶の時代にあえて人間的な持続を求めようとする。いたずらに浮薄な商業主義のあだ花を追い求めることなく、長期にわたって良書に生命をあたえようとつとめるところにしか、今後の出版文化の真の繁栄はあり得ないと信じるからである。

同時にわれわれはこの綜合文庫の刊行を通じて、人文・社会・自然の諸科学が、結局人間の学にほかならないことを立証しようと願っている。かつて知識とは、「汝自身を知る」ことにつきていた。現代社会の瑣末な情報の氾濫のなかから、力強い知識の源泉を掘り起し、技術文明のただなかに、生きた人間の姿を復活させること。それこそわれわれの切なる希求である。

われわれは権威に盲従せず、俗流に媚びることなく、渾然一体となって日本の「草の根」をかたちづくる若く新しい世代の人々に、心をこめてこの新しい綜合文庫をおくり届けたい。それは知識の泉であるとともに感受性のふるさとであり、もっとも有機的に組織され、社会に開かれた万人のための大学をめざしている。大方の支援と協力を衷心より切望してやまない。

一九七一年七月

野間省一

講談社文芸文庫

坪内祐三
慶応三年生まれ 七人の旋毛曲《つむじまが》り
解説=森山裕之 年譜=佐久間文子
漱石・外骨・熊楠・露伴・子規・紅葉・緑雨とその時代
幕末動乱期、同じ年に生を享けた漱石、外骨、熊楠、露伴、子規、紅葉、緑雨。膨大な文献を読み込み、咀嚼し、明治前期文人群像を自在な筆致で綴った傑作評論。
つL1
978-4-06-522275-1

十返 肇
「文壇」の崩壊
坪内祐三編
解説=坪内祐三 年譜=編集部
昭和という激動の時代の文学の現場に、生き証人として立ち会い続けた希有なる評論家、十返肇——。今なお先駆的かつ本質的な、知られざる豊饒の文芸批評群。
とJ1
978-4-06-290307-3

講談社文庫 目録

講談社文庫　目録

我孫子武丸　新装版　8の殺人
我孫子武丸　眠り姫とバンパイア
我孫子武丸　狼と兎のゲーム
我孫子武丸　新装版　殺戮にいたる病
有栖川有栖　ロシア紅茶の謎
有栖川有栖　スウェーデン館の謎
有栖川有栖　ブラジル蝶の謎
有栖川有栖　英国庭園の謎
有栖川有栖　ペルシャ猫の謎
有栖川有栖　幻想運河
有栖川有栖　幽霊刑《デ》事《カ》
有栖川有栖　マレー鉄道の謎
有栖川有栖　スイス時計の謎
有栖川有栖　モロッコ水晶の謎
有栖川有栖　インド倶楽部の謎
有栖川有栖　新装版　マジックミラー
有栖川有栖　新装版　46番目の密室
有栖川有栖　虹果て村の秘密
有栖川有栖　闇の喇《らっ》叭《ぱ》

有栖川有栖　真夜中の探偵
有栖川有栖　論理爆弾
有栖川有栖　名探偵傑作短篇集　火村英生篇
姉小路　祐　影のクロス〈監察特任刑《デ》事《カ》〉
姉小路　祐　緘《かん》殺《さつ》のファイル〈監察特任刑《デ》事《カ》〉
浅田次郎　日輪の遺産
浅田次郎　勇気凜凜ルリの色
浅田次郎　四十肩と恋愛　勇気凜凜ルリの色
浅田次郎　霞町物語
浅田次郎　ひとは情熱がなければ生きていけない〈勇気凜凜ルリの色〉
浅田次郎　シェエラザード（上）（下）
浅田次郎　歩兵の本領
浅田次郎　蒼穹の昴　全四巻
浅田次郎　珍妃の井戸
浅田次郎　中原の虹　全四巻
浅田次郎　マンチュリアン・リポート
浅田次郎　天国までの百マイル
浅田次郎　地《メ》下《ト》鉄《ロ》に乗って〈新装版〉
浅田次郎　おもかげ

青木　玉　小石川の家
阿部和重　アメリカの夜
阿部和重　グランド・フィナーレ
阿部和重　A　B　C〈阿部和重初期作品集〉
阿部和重　ミステリアスセッティング
阿部和重　IP/NN　阿部和重傑作集
阿部和重　シンセミア（上）（下）
阿部和重　ピストルズ（上）（下）
甘糟りり子　産む、産まない、産めない
甘糟りり子　産まなくても、産めなくても
赤井三尋　翳《かげ》りゆく夏
あさのあつこ　NO.6〔ナンバーシックス〕#1
あさのあつこ　NO.6〔ナンバーシックス〕#2
あさのあつこ　NO.6〔ナンバーシックス〕#3
あさのあつこ　NO.6〔ナンバーシックス〕#4
あさのあつこ　NO.6〔ナンバーシックス〕#5
あさのあつこ　NO.6〔ナンバーシックス〕#6
あさのあつこ　NO.6〔ナンバーシックス〕#7
あさのあつこ　NO.6〔ナンバーシックス〕#8

講談社文庫　目録

五木寛之　海外版 百寺巡礼 朝鮮半島
五木寛之　海外版 百寺巡礼 中　国
五木寛之　海外版 百寺巡礼 ブータン
五木寛之　海外版 百寺巡礼 日本・アメリカ
五木寛之　青春の門 第七部 挑戦篇
五木寛之　青春の門 第八部 風雲篇
五木寛之　親鸞 青春篇 (上)(下)
五木寛之　親鸞 激動篇 (上)(下)
五木寛之　親鸞 完結篇 (上)(下)
五木寛之　五木寛之の金沢さんぽ
井上ひさし　モッキンポット師の後始末
井上ひさし　ナ　イ　ン
井上ひさし　四千万歩の男 全五冊
井上ひさし　四千万歩の男 忠敬の生き方
井上ひさし・司馬遼太郎　新装版 国家・宗教・日本人
池波正太郎　私　の　歳　月
池波正太郎　よい匂いのする一夜
池波正太郎　梅安料理ごよみ
池波正太郎　わが家の夕めし

池波正太郎　新装版 緑のオリンピア
池波正太郎　新装版 殺しの四人〈仕掛人・藤枝梅安(一)〉
池波正太郎　新装版 梅安蟻地獄〈仕掛人・藤枝梅安(二)〉
池波正太郎　新装版 梅安最合傘〈仕掛人・藤枝梅安(三)〉
池波正太郎　新装版 梅安針供養〈仕掛人・藤枝梅安(四)〉
池波正太郎　新装版 梅安乱れ雲〈仕掛人・藤枝梅安(五)〉
池波正太郎　新装版 梅安影法師〈仕掛人・藤枝梅安(六)〉
池波正太郎　新装版 梅安冬時雨〈仕掛人・藤枝梅安(七)〉
池波正太郎　新装版 忍びの女 (上)(下)
池波正太郎　新装版 殺しの掟
池波正太郎　新装版 抜討ち半九郎
池波正太郎　新装版 娼婦の眼
池波正太郎　近藤勇白書〈レジェンド歴史時代小説〉(上)(下)
井上　靖　楊　貴　妃　伝
石牟礼道子　新装版 苦《く》海《がい》浄《じょう》土《ど》〈わが水俣病〉
いわさきちひろ　ちひろのことば
いわさきちひろ・松本　猛　いわさきちひろの絵と心
いわさきちひろ 絵本美術館編　ちひろ・子どもの情景〈文庫ギャラリー〉
いわさきちひろ 絵本美術館編　ちひろ・紫のメッセージ〈文庫ギャラリー〉

いわさきちひろ 絵本美術館編　ちひろの花ことば〈文庫ギャラリー〉
いわさきちひろ 絵本美術館編　ちひろのアンデルセン〈文庫ギャラリー〉
いわさきちひろ 絵本美術館編　ちひろ・平和への願い〈文庫ギャラリー〉
石野径一郎　新装版 ひめゆりの塔
今西錦司　生物の世界
井沢元彦　義経幻殺録
井沢元彦　光と影の武蔵〈切支丹秘録〉
井沢元彦　新装版 猿丸幻視行
伊集院　静　乳　房
伊集院　静　遠い昨日
伊集院　静　夢は枯野を〈競輪躁鬱旅行〉
伊集院　静　野球で学んだこと ヒデキ君に教わったこと
伊集院　静　峠　の　声
伊集院　静　白　秋
伊集院　静　潮　流
伊集院　静　機関車先生
伊集院　静　冬の蜻《とん》蛉《ぼ》
伊集院　静　オルゴール
伊集院　静　昨日スケッチ

伊集院　静　あ　づ　ま　橋
伊集院　静　ぼくのボールが君に届けば
伊集院　静　駅までの道をおしえて
伊集院　静　受　け　月
伊集院　静　坂の上のμ〈野球小説アンソロジー〉
伊集院　静　ね　む　り　ね　こ
伊集院　静　新装版三　年　坂
伊集院　静　お父やんとオジさん(上)(下)
伊集院　静　ノボさん〈小説 正岡子規と夏目漱石〉(上)(下)
いとうせいこう　我　々　の　恋　愛
いとうせいこう「国境なき医師団」を見に行く
井上夢人　ダレカガナカニイル…
井上夢人　プラスティック
井上夢人　オルファクトグラム(上)(下)
井上夢人　もつれっぱなし
井上夢人　あわせ鏡に飛び込んで
井上夢人　魔法使いの弟子たち(上)(下)
井上夢人　ラバー・ソウル
池井戸　潤　果つる底なき

池井戸　潤　架　空　通　貨
池井戸　潤　銀　行　狐
池井戸　潤　仇　　　敵
池井戸　潤　B　T　'63(上)(下)
池井戸　潤　空飛ぶタイヤ(上)(下)
池井戸　潤　鉄　の　骨
池井戸　潤　新装版銀行総務特命
池井戸　潤　新装版不　祥　事
池井戸　潤　ルーズヴェルト・ゲーム
池井戸　潤　半沢直樹1〈オレたちバブル入行組〉
池井戸　潤　半沢直樹2〈オレたち花のバブル組〉
池井戸　潤　半沢直樹3〈ロスジェネの逆襲〉
池井戸　潤　半沢直樹4〈銀翼のイカロス〉
池井戸　潤　花咲舞が黙ってない〈新装増補版〉
石田衣良　LAST［ラスト］
石田衣良　東京DOLL
石田衣良　てのひらの迷路
石田衣良　40《フォーティ》　翼ふたたび
石田衣良　s　e　x

石田衣良　逆《さか》島《しま》断《たつ》雄《お》〈進駐官養成高校の決闘編1〉
石田衣良　逆島断雄〈進駐官養成高校の決闘編2〉
石田衣良　逆島断雄〈本土最終防衛決戦編1〉
石田衣良　逆島断雄〈本土最終防衛決戦編2〉
井上荒野　ひどい感じ―父・井上光晴
稲葉　稔　椋鳥の影〈八丁堀手控え帖〉
井川香四郎　冬の蝶〈梟与力吟味帳〉
井川香四郎　日照り草〈梟与力吟味帳〉
井川香四郎　忍《すい》冬《かずら》〈梟与力吟味帳〉
井川香四郎　花《はな》詞《ことば》〈梟与力吟味帳〉
井川香四郎　雪の花火〈梟与力吟味帳〉
井川香四郎　鬼《き》雨《う》〈梟与力吟味帳〉
井川香四郎　科《しな》戸《と》の風〈梟与力吟味帳〉
井川香四郎　紅《くれない》の露〈梟与力吟味帳〉
井川香四郎　惻《そく》隠《いん》の灯《ひ》〈梟与力吟味帳〉
井川香四郎　三人羽織〈梟与力吟味帳〉
井川香四郎　飯盛り侍
伊坂幸太郎　チルドレン
伊坂幸太郎　魔　王

講談社文庫　目録

伊坂幸太郎　モダンタイムス(上)(下)
伊坂幸太郎　P　K
伊坂幸太郎　サブマリン
絲山秋子　袋小路の男
石黒　耀　死都日本
石黒　耀　震災列島
石黒　耀　忠臣蔵異聞〈家老 大野九郎兵衛の長い仇討ち〉
犬飼六岐　筋違い半介
犬飼六岐　吉岡清三郎貸腕帳
石川大我　ボクの彼氏はどこにいる？
石松宏章　マジでガチなボランティア
伊東　潤　国を蹴った男
伊東　潤　峠　越　え
伊東　潤　黎明に起《た》つ
伊東　潤　池田屋乱刃
石飛幸三　「平穏死」のすすめ〈口から食べられなくなったらどうしますか〉
伊藤理佐　女のはしょり道
伊藤理佐　また！　女のはしょり道
石黒正数　外《げ》　天《てん》　楼《ろう》

伊与原　新　ルカの方舟《はこぶね》
伊与原　新　コンタミ　科学汚染
稲葉圭昭《よしあき》　恥さらし〈北海道警　悪徳刑事の告白〉
稲葉博一《ひろいち》　忍者烈伝
稲葉博一　忍者烈伝ノ続
稲葉博一　忍者烈伝ノ乱〈天之巻〉〈地之巻〉
伊岡　瞬　桜の花が散る前に
石川智健　エウレカの確率〈経済学捜査員　伏見真守〉
石川智健　エウレカの確率〈よくわかる殺人経済学入門〉
石川智健　エウレカの確率〈経済学捜査と殺人の効用〉
石川智健　60《ロクジュウ》〈誤判対策室〉
石川智健　第三者隠蔽機関
井上真偽《まぎ》　その可能性はすでに考えた
井上真偽　聖女の毒杯〈その可能性はすでに考えた〉
井上真偽　恋と禁忌の述語論理《プレディケット》
泉　ゆたか　お師匠さま、整いました！
伊兼源太郎　地検のS
内田康夫　シーラカンス殺人事件
内田康夫　パソコン探偵の名推理

内田康夫　「横山大観」殺人事件
内田康夫　江田島殺人事件
内田康夫　琵琶湖周航殺人歌
内田康夫　夏泊殺人岬
内田康夫　「信濃の国」殺人事件
内田康夫　風葬の城
内田康夫　透明な遺書
内田康夫　鞆《とも》の浦《うら》殺人事件
内田康夫　終幕《フィナーレ》のない殺人
内田康夫　御堂筋殺人事件
内田康夫　記憶の中の殺人
内田康夫　北国街道殺人事件
内田康夫　「紅藍《くれない》の女《ひと》」殺人事件
内田康夫　「紫《むらさき》の女《ひと》」殺人事件
内田康夫　藍色回廊殺人事件
内田康夫　明日香の皇子
内田康夫　華の下にて
内田康夫　博多殺人事件
内田康夫　黄金の石橋

2020年12月15日現在